KB053421

어느 푸른 저녁

『입 속의 검은 잎』 발간 30주년 기념

어느 푸른 저녁

문학과
지성사

차례

펴내며

이 시집은 기형도의 첫 시집이자 유고 시집인 『입 속의 검은 잎』
발간 30주년을 맞아 젊은 시인 88명의 헌정시를 묶은 것이다. 지난
30년 동안 기형도는 세대를 이어가는 청춘의 통과의례이자
상징이었다. 시인에게 '젊음'의 기준은 기계적일 수 없겠으나 2000년
이후 등단자들을 기준으로 삼았다. 기형도 시의 모티프들이 창작의
계기가 되었지만 그 연결의 지점은 시마다 다를 수밖에 없다.
'헌정'이라는 말의 무거움에도 불구하고 이 시들은 기형도 시인에게
바친다는 의미보다는, 시인의 이름과 더불어 함께 쓴다는 취지에
가깝다. 여기는 애도의 자리가 아니라 기형도의 이름으로 연결된
찬란한 우정의 공간이다. 시들의 순서는 시인들의 가나다 순이며,
목차에는 시인들의 이름을 밝혔으나 본문의 시들에는 시인의 이름을
드러내지 않았다. 이 거대한 우정의 공간에는 위계도 이름도 우선하지
않기 때문이다. 이렇게 해서 다시 수많은 기형도가 우리에게 도래했다.

겨울에 갇힌 한 남자에 대하여

외투를 잃어버린 남자는
외투에 대한 생각에 사로잡혀
외투 없이
겨울에 갇혔다

나는 여름에 남자를 생각했다
외투를 빌려주었다면
그는 여기서 밝고 환하게 웃고 있을까
귀뚜라미 소리 들으며
부질없이
생각했다

외투 없이 겨울을 보낸다는 걸
나로서는 상상할 수 없었기에
이따금 중얼거렸다

지금이라도 내 외투를 빌려가지 않겠어요?

아무 답도 없이
혹한의 겨울이 닥친다면
나는 그만 울음을 터뜨리고 말겠지만

그 겨울이 오기 전에
내 장롱 속 어딘가에 있을 것만 같은
그의 외투를 찾으려고
밤을 지새다가 문득

누구나 겨울을 위하여 한 개쯤의 외투는 갖고 있으리라●
믿어야 한다
중얼거렸다

잃어버린 외투를 찾는 사람들이
한꺼번에 길 위에 쏟아져 나올 때

다만
이곳이 여름이라 믿으며

● 기형도의 「조치원」에서.

무지개 판화

여기 한 사람 있습니다
여기 한 사람이,
더 있습니다
우리가 되었습니다 우리는
사랑합니다 사랑해도,
괜찮지요 사랑해도
괜찮아요? 사랑할 수 있습니다
사랑 없으면 사랑 없어요?
사랑 있어서, 한 사람 됩니다

안개는 잡은 손안에서 단단해집니다
언 날개 털며 바람 속으로 뛰어드는 번개처럼
굶주린 나무들에게 기꺼이 뒤섞이는 새처럼

아침, 바지춤을 환하게 적셔줍니다
튼튼한 물만 거두어가는 그늘
점점 쪼그라드는 이마 몰라보면서

잊습니다, 한 사람은 늘
페달 밟던 종아리만 기억합니다
기침하는 척 몸을 울립니다
램프 없이는 알던 길도 잃습니다

한 사람은 한 사람의 곁에서
잠들고 싶답니다 그뿐이랍니다
더 있답니다 거기 두 사람이,
우리들이 되었습니다 우리들은
미워합니다 미워해도,
괜찮아요 미워해도
괜찮지요? 미워할 수 있습니다
미움 없으면 미움 없어요?
미움 있어서 우리들은……

무해한 콧구멍이 가엾답니다
여자도, 아닌 남자도 아닌, 한 사람은
젖은 구름 반으로 갈라
한 입, 두 입 태어나는
파랑 노랑 아이들 기다린답니다
캄캄한 과일들의 씨는 외로우니까
입을 맞추자 맞추자구요

때때로 견뎌내지요? 한 사람은
뒷걸음질보다 먼저, 입술 밖으로
꺼내지 않고도 들켜버리는
황급히, 늙어버리는
검은 잎들은 모두 어디로 가지요?
모두 젖어 있지요? 검은 잎들은,
비가 그치면 한 음, 두 음
눌러보자 눌러보자구요

사랑합니다 사랑해도,
괜찮지요 사랑해도
괜찮아요? 사랑할 수 있습니다
사랑 없으면 사랑 없어요?
사랑 있어서 저기 세 사람이,
다정하게 혓바닥을 퉁기며
느릿느릿 섞이어갈 때
손끝에는 고양이 수염 같은
일곱 개의 줄이 남았습니다

모리스 호텔 11—비밀의 정원

나무들은 안개와 팔짱을 낀 채 나를 내려다보았다

딱딱 발길질을 하며 땅을 긁는 무스

모리스 호텔은 막 먹이를 구한 짐승처럼 더운 김을 내쉬고 크릉 고개를 돌렸다

나는 달렸다

줄지어 선 해바라기들의 꽃잎은 청색

몰려온 안개가 하늘의 미궁 입구를 가린다

큰 새가 전령처럼 날아와 앉았다

그녀는 그물코를 이어 자신의 그림자를 뜨기 시작한다

나는 달렸다

검은 벌레들은 칸나의 뿌리부터 파먹어 들어갔다

스치는 것은 흰 뱀처럼 똬리를 튼 안개의 거대한 비늘

비희극

심신미약의 눈이 온다
나의 유령은 바깥에 있다
겉옷에 겉옷을 아무리 껴입어도
실내의 나는 춥다
먹거나 굶주리거나
어느 쪽이든 앓을 뿐인 소화불량의 시간
망상으로 그치지 않는 사회이기에
누구나 볼 수 있는 나의 유령은
내가 머문 거리와 네가 떠난 도시
그리고 그 밖의 길들을 헤쳐놓는다
눈이 오지 않는 곳에서도 나는
자주 미끄러진다
창밖에서 내가 알 것 같은 두 개의 단어를
나의 유령은 말한다
그러나 모든 입김은 유사한 외형을 지니므로
그때마다 바라는 것으로 보이게 한다
감정기복의 눈이 온다
실외에서 사람들이 나를 부른다
유령의 나는 대답한다
견딜 수 없는 추위가
우리에게서 많은 것을 앗아갔다
나는 안에 있고

너는 어떤 시절처럼 나를 본다
이제는 나의 유령이 내게만 보이지 않아
밖에서
허공을 만지고 웃고 떠드는
모든 이들이 이상하다
아무렇게나 눈이 온다
불을 켜둔 내부는 춥고 잠이 쏟아진다
그들은 나의 유령만 보고
나는
나의 유령만 빼고 다 볼 수 있다
일 년 중에 오늘이 낮이 가장 긴 날이다

그 책

오른쪽으로 촤르르륵
검은색 흰색 검은색 흰색
반복되는

*

나는 늘 추모 중이라고 내 일은 모두 그런 거라고
11년을 누워 있다 세상을 떠난 11살 소녀의 장례식에 가며
깨달았어

종이에게 물려받은 감각 모든 페이지에서 검은 가지 뻗어 나오고

나는 알아버렸어 언제나 애도 중 그건 미래의 나를 위한 일
사라질 나를 예비하는 거라고

내 그림자가 빛을 사랑하는 게 무슨 소용 있겠어

가장 사(私)적
구질구질하며
동시에 소중한

*

여기 기형도
란 이름 쓰고 곧이어
수민
이란 이름을 적는다

내가 가진 글자에 책임을 갖고
두려워하지 않으며
두려워하며

이 다큐멘터리는 가공되어 있다
빛과 그림자로 완성되고
당신을 무시하며 당신을 향해 있다

일평생 말을 잃었던 소녀에게 혀를 내주고
여기 저기 검은 잎사귀 같은 단어 흩뿌리며
11쪽 30쪽 38쪽

위대한 시인의 이름과 잊고 싶지 않은 평범한 이름을 적는다
아카이빙, 리스펙트, 애정 표현
도끼로 찍어도 넘어가지 않는
이름이 가득한

겨울과 겨울
여름이 아닌 것들을 넘긴다

1월 1일
날이 지며

검은 사람들 자꾸 산속으로 몰려든다
세상의 모든 어머니들 앞에서
영원히 자식일 내가
미친년 건방진 넌이라고 스스로 따귀를 갈긴다

*

이것이 나만 할 수 있는 노래라고 거대한 이름들에게 속삭였어
감히 다큐
손수건은 건조했고 내 페이지는 축축
넘어가지 못하고 달라붙어서 마주 보는 얼굴에 서로의 이름
새기고

물려받은 검은 가지
모든 당신들에게 뻗는다
우리가 마주친 곳은

*

왼쪽으로 촤르르륵
흰색 검은색 흰색 검은색
반복되는

그 집 앞

하지 못한 말들이 배가 될 때가 있다
거리의 파고는 빈틈없었고 인파는 유려했다
3월의 먹구름이 밀려들었지만 아직 세상의 반쪽은 빛나고 있었고
그는 거의 희망의 물집을 키우고 있었다
노를 젓는 두 팔이 느리고 규칙적으로 변해가는 동안
뱃머리를 이끌고 있는 형식이 보였다
그것은 신열이었고 고통이었으며 얼마간의 추방이었다
쓰라림과 피로가 누적될수록 누추해지는 바닷물 위로 왜곡된
입들이 떠다녔다
형식은 소문을 타고 날렵한 인칭을 갖게 되었다
삶과 죽음의 항로가 그려지고 인칭은 사투를 벌이기 시작했다
폭풍이 몰아치는 도시에선 취객이 얼어 죽었다 거대한 서류
뭉치에 갇힌 서기는 눈물을 흘렸다
가까운 지방으로 가는 일조차 공포와 질투를 안개처럼 둘러야
했다
그러나 그는 나태의 변덕 속에서도 열심히 노를 저었다
이미 추방되어버린 곳이라는 이유로, 그의 형식을 보호하면서
난파된 타인의 속내를
세숫대야 속 삶은 달걀처럼 굽어보았다
고백만큼 상상력이 필요한 낭비도 없었다
봄날이 저물도록 하지 못한 말은 귀환하지 못했다
사랑을 잃은 자의 눈 속엔 물들이 살지 않았다

빈집

안양천 건너 소하동 입구에는 망
자의 혀로 적힌 글들 있었는데, 누
가 철거했나, 나는 장님처럼 더듬
거리며 서 있다, 나는 잠글 문도
없고, 집이, 집이 있으면 좋겠다,
내 아이를 눕혀야지, 아이 엄마를
눕혀야지, 나는 길 위에서 중얼거
리며 서 있다, 다락방이 딸린 집이
있으면 좋겠다, 내 병든 질문 따위
잊고선, 일 년 내내 가방 속에 갇
혀 있던 한 죽은 시인의 전집을 찢
어 벽지로 바르고 그 속에 있던 병
든 귀신들도 눕혀야지, 집이 있으
면 좋겠다, 봄날이 가고 다시 오지
않더라도 대물림되는 불행과 무
능의 서정 따위 빈병처럼 팔아먹
게, 집이 있으면 아이와 아이 엄마
와 함께 누워 입을 다문 가수의 옛
노래를 이어 부르다 쓸쓸한 풀잎
의 자손들처럼 잠들겠지, 이 위험
한 家系에 집이 허락될까, 술에 취
해 낡은 악기들이 기어이 손을 맞

잡을 때까지 온종일 노래만 부르
던 조부처럼 결국 나는 네발로 기
어 다니게 될까, 더 늦기 전에 집
이 있으면 좋겠다고, 버려진 골목
길 공장 담벼락을 따라 노인들처
럼 중얼거리며 더듬더듬 걷다 보
면, 살아온 날들이 신기하구나, 헛
것처럼 누이가 나를 지나 안개의
강 건너 빈집으로 돌아가는데, 돌
아가 영영 갇힐 텐데, 내 아이는
어디로 갔을까, 아이 엄마는 누구
와 누워 있을까, 집이 있었으면 좋
겠는데, 나는 못생긴 입술을 가졌
고, 입 속에는 검은 잎만 가득하니
나는 장님처럼 더듬거리며 서 있
다, 내가 기억하던 집은 어디로 갔
을까, 그 집에서 썼던 글들은. 멀
리서 神이 반짝였다.●

● 어린 시절 소하동에 갈 때면, 붉은 글씨의
플래카드가 나보다 먼저 펄럭이고 있었다. 그리고
비닐하우스와 공사장. 또 내가 사는 동네와 똑같은
허름하고 덜 따뜻한 집. 친구의 아버지들 중 몇은
한쪽 다리나 팔, 하다못해 손가락이 없거나, 어떤
이는 온종일 방에 앉아 뭔지 모를 흰 약가루를
포장하고 있거나, 대개 취해 있었다. 시흥동과,
독산동, 소하동과, 가리봉동, 안양을 오가며 자라다
사실이 넘어서까지 이곳에 그대로 살게 될지는
몰랐다. 어떻게 써야 할지 몰라 기형도 시의 도움을
받았다.

끝까지 읽을 사람

얇고 가벼운 책이다. 이상한 제목이라고 생각했다. 아무도 펴보지 않은 것처럼 빳빳한 녹색 표지에 제목만 얇은 글씨로 새겨져 있었다.

종이가 습자지처럼 얇아서 뒷장의 글씨가 연하게 비쳤다. 비트겐슈타인이 인용되어 있었는데 "내가 아는 모든 것은 그것을 표현할 어휘를 갖고 있다"라는 말이었다. 화자가 작가를 하나 발굴했다. 그 작가는 아직 살아 있지만 한 번도 작품을 발표하지는 않은 자였다. 누구에게도 자신의 작품을 보여주지 않은 자를 작가라고 부를 수 있냐는 질문을 그 친구가 던지고 있었는데, 아주 상투적이어서 오만하기까지 한 질문이라고 생각하며 계속 읽었다. 치정, 음모, 기만 등 예상 가능한 진행을 피하고자 함인지, 그자는 자신이 다니는 대학 청소부로 일하던 이의 작품을 가로챌 생각은 전혀 하지 않았으며, 오직 작품을 세상에 알려야겠다는 의지에 불타오르고 있었다. 열정에 관한 소설이나 선량함에 대한 소설일지도 몰랐다. 세상 때가 타지 않은 대학원생은 그이가 거부 의사를 완곡하게 표현했음에도 불구하고 ("난 이미 늙었어" "그게 무슨 소용이야" "죽으면 끝인데") 저자의 작품은 저자의 것이 아니며, 모든 저자는 죽은 거나 다름없으므로 작품을 내놓자고 설득했다. 작품을 썼다는 것은 이미 보여줄 마음이 있다는 증거라고 달랬고 어떤 의미에서 노인은 이미 은퇴하여 세상 사람이 아니므로 오히려 잘됐다고도 구슬렸다. 대학원생은 결국 막무가내로 폐지로 묶어 내놓은 작가의 작품을 주워 모아 출판사로 보냈다. (교묘한 방식으로 성별을 특정하지 않았지만, 설득 장면 이후로 나는 그 대학원생이 남자일 거라고 노인이 여자일 거라는 편견에 사로잡혔다.)

"투명한 쓰레기봉투에 온전하고 아름다운 다섯 개의 빨간 사과가 담겨 있어서 왜 저걸 버렸을까 살펴보게 된다"는 추천사를 달고 팔렸다. 이후로 한 문장 한 문장 읽기를 방해받았다. 문장의 순서를 믿을 수 없었고, 챕터의 순서를 확신할 수 없었다. 몇 달간 도서관에 가서 다른 작업을 하려다가도 소설 섹션이 맞을지 르포 섹션이 맞을지 고민했고 어쩌면 철학이나 사회과학 쪽으로 가야 하는 건 아닌가 의심도 했다, 그 책을 한 줄씩 혹은 반 페이지씩 읽었다. 계절이 두 번 바뀌었다. 가서도 뽑아만 놓았다 다시 꽂은 날이 더 많았다. 와중에 노인이 죽었다. 호스피스 병동에서 평범하게("안전하게") 죽었다. 노인은 평생 러시아어를 공부했는데 러시아에 가본 적은 없었다. 노인이 아직 노인이 아닐 때, 적어도 노인이 태어난 나라에서는 전쟁이 다 끝나가고, 살인이 용서받지 못할 시기부터 시작한 공부였다. 군부독재 시절 직전의 일이었다. 드디어 노인의 과거가 밝혀지는가 싶었는데, 페이지가 겨우 한 장밖에 남아 있지 않았다. 노인은 이름을 바꾸고 나이를 바꾸고 인종을 바꾸고 썼다. 모든 것은 작품 안에, 피부 밑에 있다고 믿어지는 핏줄처럼 희미하게 비치고 있었다. 이에 대해 가여운 박사 수료생 친구는 들은 바가 없었다. 자신이 세상에 나기 전에, 몇십 년도 더 된 일이었다. 그리고 그 소설은 노인 자신이 쓰지 않았다.

먼지까지 넘기자 책이 끝나버렸다. 작가는 이 소설은 특정 실화를 바탕으로 하지 않았다고 밝히고, 독자들이("지각 있는 독자들이여") 노인의 살인 방식과 살인 동기에 대해 밝히지 않는 것을 관대하게 이해할 거라고 썼다. 살인이라니? 공격이라면 이상한 공격이었다. 자신이 생각하기에 그것들은 "불필요"하기 때문에 쓰지 않는 것이라고 했다. 정 알고 싶으면 적합한 청구 번호를 소개해놓았으니 판결문을 찾아보라고 했다. 완곡한 거절 역시 거절이다. 적당히 팔렸고 적당히 잊혔다. 전 세계에 알려지지도 않았고 유명한 상을 받지도 않았다. 인세는 노인의 납골당을 관리하는 데 쓰였다. 번복하지

않았다. 치명적인 사건이 일어나고 있다. 무섭도록 증오하고 슬퍼하고
용서를 구할 일이 아니라고 생각했을지도 모른다. 무엇 때문에 수일간,
누구에게도 말하지 않고 부드럽게 상처받았는지 어쩔 줄 몰라 하는 나
자신의 손만 열고 덮고 꽂고 뽑았다. 영원히 용서받지 못한 자는
신에게 용서를 구하곤 하는데, 끝 챕터부터 역순으로 다시 읽어보았다.
우리가 그 이름을 언급하지 않는다고 해서, 그게 사라지는 것은
아니었다. 하지만 모두가 그 책을 읽는 것도 아니었다.

죽은 사람

하지만 내가 알았겠는가? 창밖에 흐르는 진눈깨비를 보기 위해 죽은 이에게도 창문이 필요하다는 것을. 그날 그가 창을 두드렸고 한 번쯤은 창밖에 떨어지는 눈이 아니라 창밖을 쳐다보는 두 눈이고 싶었다는 것을.

하지만 1960년부터 열려 있었다. 동지와 크리스마스를 거치면서 점점 가늘어진 눈발이 1989년 봄날 아침 막 거리로 나선 젊은이들의 크게 벌린 웃음 속에 녹아 사라질 때까지도. 하지만 또 알았겠는가? 열린 문과 입 들이 오히려 죽은 이를 밖으로, 밖으로 밀어내고 그에게서 서성거릴 장소를 빼앗는다는 것을.

그리하여 어느 날 우리가 창과 대문을 닫은 채 각자의 집에 남았을 때, 삶은 물론이고 죽음에 관해서도 더는 할 말이 남지 않았을 때, 죽은 이는 침묵하는 우리의 베란다에 기대어, 웃고 떠들며 지나가는 사람들을 영원히 흐르는 눈처럼 내려다본다.

하지만 그리고 알았겠는가? 영원한 풍경 앞에서는 죽은 이의 시간도 턱없이 부족하다는 것을. 차가운 손목 위에서도 시간은 돌고 돌다가 결국은 어두운 틈새로 굴러가 사라져버린다는 것을. 그리고 영 찾을 수 없었다.

하지만 그를 생각하며 또 누군가는 창을 닫고 침묵하는 것이다,

1960년부터 죽은 이와 함께, 또 누군가는 진눈깨비를 쳐다보는 시간이었던 것이다. 한 번쯤은 창밖을 쳐다보는 두 눈이 아니라 창밖에 떨어지는 눈이고 싶은 것이다.

하루(下樓)

남김없이 쏟아진 날에는 낮은 쪽으로 가요 따라오지 않아도,
쫓아가지 않아도 새들은 날아올라서 나는 빗자루처럼 누워 언덕이
되죠 다다를 수 없어 언제나 거기 있고 굴러도 굴러도 여전히 여기로
돌아오는 할 일이
시간을 흐리고 할 말을 지우겠죠

아무 일 없었다는 듯이
이미 여기 없다는 듯이

목이 길어진 하루가 하루를 물릴 때 잎사귀들은 굴러갑니다
갈수록 늘어나는 들판, 한곳을 오래 보면 보이지 않는 사람들이 거기
있고 책상 위에는 너무 많은 책이 있어 나는 자꾸 반대쪽으로 가요
느리게 이동하는 대기와 대지 사이의 당나귀들이 순한 귀를 드리운
쪽으로, 투명한 어둠 쪽으로
쥐고 있다 보면
오래 쥐고 흔들다 보면

더 이상 접을 수 없는 오늘의 공기는 푸른 유리병●
나는 적막을 적요로 옮겨 적고요

잎들이 남은 햇빛을 쏟아냅니다 이제 남은 얼굴로 남은 손들을
더듬을 시간이에요 규격과 간격은 가장자리부터 낡아가고 침묵은 먼

곳으로 번져가고 있으니

　　누군가 손을 들고 이쪽으로 건너올 때까지
　　건너간 이름들을 부르는

　　저녁이에요

●　기형도의 「어느 푸른 저녁」에서.

겨울 쓰기

버려진 교회에서
아이들은 공놀이를 했다
낮은 포복자세로
진눈깨비는 사람들을 따라다녔다
흰빛은 때때로 따사로웠다
이따금 그림자가
어른거렸다
이건 누구의 꿈인지도 몰라
누구의 꿈이 따라붙었는지도 몰라
죽음은 동시에 꾸는 꿈이니까
끝에서 끝까지
공은 충실하게 움직이고 있었다
어린 흰빛을 뭉텅이로 흩뿌리며
사람들은
사라지고 있었다
모두의 입이 커다란 잉어처럼
벌어지는 날이었다
보이지 않는 풍경에서
아이들은
공을 찾고 있었다

학교밭에서

　　학생들은 학교 야채밭에 묘지라는 팻말을 걸고 거기에 딱딱한
의자 하나 두고 누가 거기 앉기라도 하면 목책에 몸을 기대고 믿느냐
네가 진실로 믿느냐 깔깔대며 묻고 까부는 것이 관례가 되었나 보다
지나가다가 그러고 노는 녀석들을 발견하면 잡아다가 행복하냐고
묻는 것이 내가 하는 일이다 그러면 우물쭈물 속 시원히 대답하는
놈이 없다 어느 겨울엔 내가 딱딱한 의자에 앉아 고개를 푹 숙이고서
흙이며 낙엽이며 쓰다듬으며 놀고 있는데 학생 하나가 와서 그 놀라운
보편을 믿느냐고 묻는 것이었다 종자여, 네가 말하는 그 놀라운
보편이 무엇이냐 물으니 아, 뭐더라…… 또 다른 고통을 위한 잉태?
그렇게 대답하고 가만히 섰다 여름이 가기도 전에 모든 이파리 땅으로
돌아간 포도밭, 참담했던 그해 가을, 그 빈 기쁨들을 지금 쓴다 친구여.

호숫가 호수 공원

죽은 나무 이파리들이 굴러다니는 호숫가를
지나면 식당이 있다고 했다

모자를 쓴 그와 내가 만나
손을 잡고 걷기까지
오랜 시간이 흘렀다

왜 모자를 썼어?
그냥.
그냥?
아니. 자꾸 머리칼이 어디로 사라지잖아.

나는 그의 손을 만져본다
우리의 손가락들이 겹겹이 늘어나 자라는 것 같다

걸어도 호수는 보이지 않지만
여기는 호숫가 호수 공원

여길 지나면 식당이 있는 거지?
응. 울타리를 둘러 가면 천천히 보인댔어.

우린 천천히 손잡고 천천히 걷는다

여기 어쩐지 사라지고 있는 것 같지 않아?
내가 어깨를 움츠리자 그도 어깰 올린다

햇살이 털실뭉치처럼 굴러다니는
구역으로 접어들었다

그의 얇은 몸이 이파리처럼 걷고 있는데
머리카락이나 바람이나 깃털처럼
조금만 움직여도 다른 세계로 옮겨가는 것은 아닐까

그런 순간이었을 때
그가 햇빛 사이 어딘가를 가리켰다

울타리 너머에서 슬며시 호수가 어른거리고 있다
자라난 손가락들이 툭 툭 쏟아지고 있었다

그저 레코오드판 바늘 튀어오르듯●
어느 오후에 일어난 일이다

마지막 남은 손을 잡은 채로

우린 드디어 식당에 도착하고
근사한 저녁을 시작한다

테이블 위의 작은 촛대에
불이 켜진다

● 기형도의 「레코오드판에서 바늘이
   튀어 오르듯이」에서.

오늘 푸른 저녁

수십 년간 이 도시를 한 발자국도 벗어나지 못했으니
이상하기도 하지, 이제야 나는 거리의
나무가 되어
처음 보는 오늘 저녁을 걷고
있는 것이다

이상하기도 하지, 오늘 저녁을
처음 보는 건 당연한데, 이상하게 생각 드는 것이
이상한 나는 나무가 되어 불현듯 어리둥절하게 멈춰 서
있는 것이다

이상하기도 하지, 검은 외투를 입은 나무가 되니
오늘 저녁이, 처음 만난 사람처럼
나를 투명하게 통과해간다

나는 오늘 그 자리에 한 발자국도 꼼짝 않고 있었는데
매일 오늘이, 오늘 만난 사람처럼
나를 투명하게 통과해간다
나는 오늘 여기 그대로 서 있었는데
이상하기도 하지, 매일 나를 통과해간 오늘 저녁들 때문에
컨베이어 벨트 위에 올려진 듯
내가 쉼 없이 움직이고 있었다는 것이

오늘 저녁이, 나를 투명하게 통과해가는 줄만 알았는데
계절마다, 내 몸에 나뭇잎 하나씩 달아주고 갔다는 것을
(내가, 저녁의 날갯깃 속에서 나뭇잎 하나씩 훔쳐왔다는 것을)
내 몸에서 눈치 채지 못하게 나뭇잎 하나씩 훔쳐갔다는 것을
(내가, 저녁 속으로 나뭇잎 하나씩 버리고 왔다는 것을)
내게서 새 한 마리씩 뺏어갔다는 것을
(내가, 저녁에게 새 한 마리씩 내맡겼다는 것을)
이미 늦은, 예감처럼 알았다

검은 건물 속에서 매일 보는 사람들이 처음 보는 사람들처럼
까맣게 번져 나오는 이상한 시간
느낌 혹은 예감으로만 부를 수 있는 시간
속을 나는 걷고 있는 것이다, 검고
마른 새들이 개들처럼 짖는 거리를
죽은 주인이 부르니 한달음에 쫓아가고 없는 텅 빈 새들의 거리를

이상하기도 하지, 사람들은 왜
가벼운 구름처럼 통과해버릴 듯 태연히 내게 걸어와
부딪히고 기울어지는가

이상하기도 하지, 오늘도
아무도 없는 곳으로
아무렇지 않게 걸어가는 일이 가능하다는 것이

검은 외투를 입은 나무가 되어
벗어나지 못할 궤도로 도시를 도는
컨베이어 벨트 같은 가로수 길을

습관처럼 한참을 걷고 있는데 어느덧
오늘 푸른 저녁, 세상은 정전된 공장처럼
홀연히 정지.

벙커 주인은
귀를 기울이는 배경같이

세계의 꼭짓점들이 달아났다
어느 날 도형에서
시작에서
누군가 살았다는 느낌에서

죽어가는 숲들은
그것을 영원히 내리는 눈이라 불렀다

빛이 손끝을 더듬어
눈보라를 수색한다 그럴수록
이상하고 희미한 웃음들이 휘날렸다
그럴수록

    혐의는 이곳
    이곳은 아무도 믿지 않는 노래

밖은 커져간다
빛은 어디까지 추락하는지?
지상으로 향하는 큰 창문으로
불투명한 예언처럼

알 것 같군

벙커 주인은 끄덕이고
아무도 정체를 모르는 이곳이 되기로
한다. 영원히 찾아야 하는 세계가 되어간다

생존가방에 실오라기 하나 걸치지 않고 떨고 있는 꿈과
질문과
시집 코너에 잘못 꽂혀 있던 슬픔을 챙길 것

차가운 것들의 방향이라든가
방독문에 달린 커다란 휠의
방향을 접어
뒷주머니에 구겨 넣고

그는 손을 벗어
시린 진심으로만 남는다

무언가 시작되었군

　밤의 마침표에서
　기쁨도 검정이었던 어느 가슴에서

그는 끄덕였다

뽕

안 선생님
어제 먼 길을 마다하지 않고
저의 꿈에 나타나주셔서 고맙습니다
선생님 앞에서는 언제나 생명줄을 놓고 싶지 않아요
꿈의 조붓한 숲길을 걸으며
선생님은 말씀하시었어요
내가 아는 승훈이는 그런 사람이 아니야
현실 속에서 웅앵웅
속병이 나서 종아리가 붓고 썩을 것으로 손목을 얼마나 그었는지
선생님은 잘 아시죠
아니요 모르실걸요 저는 손목을 그은 적이 없으니까요
그건 모두 제 마음의 일
마음은 헛것인가요?
선생님과 이가 딱딱 부딪치는 계곡물에 발 담그고 도토리묵에
동동주를 마시다가
지리멸렬로 하산하고 싶어요
선생님은 나쁘다고 하실까요?
은백양의 숲을 빠져나오면 상전벽해
알면서 속고 살았어요
속이고 살았어요
인간사 한철 장사라지만
제아무리 가슴 근육을 단련해도 두터워지지 않았어요

부항을 그렇게 떴는데도
마음에 사시사철 잔설이 남아 있었어요
저는 이 근육을 다 어디다 쓰려고 모았을까요?
좋은 집 뺏기기 전에
지식 노동으로 돈을 벌고
지하철 좌석에 앉으면
구두에서 뒷발을 꺼내 땀
식히는 일을 삼가지 않았습니다
구린내를 자랑스러워하지 않으면 애가 타지요
인생을 가련히 여겨 밤낮으로 성실히 임하던
스승님
선생님이 기숙 학원에서도
음주를 일삼지 않고 아침마다 기상나팔을 불 때 저는
알아보았습니다
선생님의 심지를
그 심지에 불붙이면 얼마나 장엄한 불꽃이 필지
심지가 짧으면 짧은 대로 길면 긴 대로 인생은 녹아 없어지지요
함호 형을 보면 알죠
그 새끼가 애들한테 한 짓을 생각하면
지금의 부귀영화가
다 쥣값이란 생각이 들어요
한번은
함호 형이 연락을 해왔습니다
사과하더라고요 손발이 오그라들어서
형 세상을 참 만만히 보는구나 다물어
함호 형은 이제 박사가 되었다지요
아, 선생님
꿈에서 하신 말씀을

오늘은 옛날 대학노트에 적어 두고

두고 보았습니다

문학 한다는 놈이 어떻게 그렇게

한 치 앞을 못 보았을까요?

영롱한 눈을 하고서

거슬러 올라 올라가면

역시 선생님의 중앙이 보입니다

선생님은 지금도 눈발이 잔잔하면

메로구이에 청주를 마시곤 하겠죠

그때 그 산골에서

선생님이 눈이 퀭한 이들의 입속에 넣어주던

진리의 알을 잊을 수가 없어요

양보단 질이다

가늘고 길게 살고 싶은 저를

선생님은 갸륵히 여겨

뱃살을 주셨습니다

어려서도 선생님은 모욕을 유발하지 않고

조국의 무궁한 영광을 위하여

기력을 쓰지 않으셨지요

그때 선생님을 흰

눈 속에 파묻고 내려와서

저랑 미주랑 우영이랑 승도랑 울기도 많이 울었습니다

선생님이 네발로 눈밭을 헤치고 나와

인간 무리를 피해 다닐 때

봄의 뜨락에는 아무도 남지 않았죠

다들, 뛰쳐나갔잖아요

데모크라시

우리 가슴 잃었습니다

안 선생님 지금도
그곳 푸른 뽕밭엔 진리가 알알이 맺히나요
저는 때때로 제 가슴에 왼손을 얹고
미어터지는 근육의 애욕을
참지 못해
엉덩이골에 오른손을 넣었다 빼서
냄새 맡곤 합니다
재수하여 광명 찾자는 말은 왜
지금껏 잊히지 않는 걸까요
미주는 선우를 키우며 뉴질랜드에 살고
우영이는 연락이 끊긴 지 오래
승도는 하직하였습니다
이토록 우리는
인간의 탈을 쓰고
숨 쉬고 있습니다, 선생님

커터

다시 눈이 내린다

귓속말처럼

젖어서 더 무거워진 말소리가 깊은 주머니 속으로 흘러들었다

깊어지는 복도를 따라 열쇠 없는 사람들이 서성이는 동안

하나 다음은 또 하나 방이 열리고

하얀 리넨 이불을 덮고 남은 아이들이 연필을 깎는 동안 책을
넘기는 동안 약을 나눠 마시는 동안

물속에도 바람이 불어

물속에서 너가 속삭이는 동안

자꾸자꾸 숨을 몰아쉬는 구름

떨어낸 은빛 비늘은 병정 나무들이 뒤집어쓰고

앙상하게 깎여나가는 잠의 속살

리본을 풀어

붉고 푸른 길이 열리면

자 이제 집으로 돌아가야 해

이 눈이 다 녹기 전에

자리를 박차고 걸어 나가는 나무들처럼

하나 다음은 또 하나의 방이 열리고

정해져 있다는 듯이 일은 일어난다

남은 건 어떤 표정으로 인사해야 할까

눈이 멎고 눈이 녹고

케이크의 색깔

수능 국어 듣기 영역이다

문어는 몸에 좋습니다. 문어는 병든 소도 낫게 합니다. 소는 병이
나면 문어를 잡아먹고 건강을 회복합니다……

그런데 소는 문어가 어디에 사는지 어떻게 알고
찾아가 잡아먹는다는 거지?
문제를 푸는 어린이는 고민에 빠지는데
그사이
듣기 영역 1번이 지나간다

제시문의 질문은 다음과 같다

1. 토마스가 먹은 케이크의 색깔은?
①노랑 ②초록 ③분홍 ④빨강 ⑤자두

어린이는 허벅지가 저리다
왼쪽 줄 맨 앞자리에 니체가 앉아 있다
니체가 고른 답은 ⑤자두
그렇다면 답은 ⑤번이군,
어린이는 확신한다
그 뒤에 앉은 베르그송은 ①노랑,에 마킹했다

답이 뭘까……
어린이는 고민에 빠진다

재빠르게 짝의 OMR카드를 훔쳐본다.
② ③

어린이는 문제지를 다시 본다

1. 토마스가 먹은 케이크 색을 모두 고르시오.

니체와 베르그송
이들은 답을
모두
고르지 않았다는 점에서
훌륭해,
어린이는 컴퓨터용 사인펜을 꼭 쥔다
베르그송 뒷자리에 앉은 어린이는 카프카다
턱 끝까지 단추를 채운 카프카가 고른 선지는
②초록

그러니까 답은
⑤자두 ①노랑 ②초록
중 하나라는 건데
니체와 베르그송은 같은 계보라고
체육 선생님이 배구공을 던지며 죽도록 외쳤는데……

어린이는 체육 선생님 대신 카프카를 믿기로 한다

50

② ✓

문어가 소에게 잡아먹히는 소리가 들렸다
시험 시간이 종료되었다

맨 뒷자리에 앉은 어린이는
다다다닥
어린이들의 OMR카드를 거둬간다
어린이는 자신이
시험지에는 ②에 체크해놓고 정작
OMR카드에는 ③을 검게 칠했음을 깨닫는다 그러나
맨 끝의 아이는
문어가 어디에 살든 끝까지 찾아내는 어린이다
문어의 머리를 삶아 먹고 건강을 되찾는
인정사정없는 어린이
잠깐! 어린이는 사정하지만 이미
시험감독은 OMR카드의 개수를 휘리릭 세어보며
어린이의 총 숫자와 OMR카드 개수의 일치를 도모하고 있다
소가 문어를 찾아냈고 소가 문어에게 접근하고 있다
문어를 잡아먹은 어린이가 제자리로 돌아오며 갈고리 모양으로
씨익 웃는다
어린이는 머리를 싸맨다

도로시

도로시
그리운 이름•

살아서 죽음에 관한 시를 쓰는
비겁한 아침이야

내 것이 아니길 바라는 이야기가
가까이 다가와서
망가지는 기분이야

종이에 원을 그리면
구멍으로 발이 빠지고

커피를 내리면
한 모금도 마시지 못해

창밖에는 유령들의 손자국을 지우는
검은 눈이 내리지

도로시
그리워서 먼 이름

내가 고개를 숙이면
네가 우는가

감도 정도 아닌 감정처럼
십일월에 나오는 열대 과일처럼
나는 오늘 도로시가 그립다

쨍한 날씨에 비가 내리고
여름밤에 눈이 내려서
주소를 잊은 소녀가
우리 집 문을 두드릴 때

길을 잃은 발자국이
아무도 없는 거리에
소리 없이 뛰어다니고

책상 위의 노트만이 너를 보자고
여러 겹의 문을 연다

도로시
돌아와도 네가 없는 이름

살아 있는 것이,
이렇게 공원에 앉아서
나이가 없는 이름을 부르며
후회할 편지를 쓰는 것이 낯설다

낮도 밤도 아닌 시간

도로시라는 사라진 도시처럼

● 기형도의「도로시를 위하여—幼年에게 쓴 편지 1」에서.

안개 숲

멀리까지 숲은 깊었다 나만 알던, 가끔 누워 있기도 하였던 묘지 주변으로 빗방울이 내리면 나무들이 웅크려 비를 막아주는 것만 같았다 잠든 것들이 깨어나는 시간, 아무도 오지 않는다는 걸 알았지만 누구라도 만날 수 있기를 바라는 마음이 작은 길을 내고 있었다 집으로 돌아오는 길에 떠올리던 오래 얼굴을 볼 수 없었던 사람, 봉지약을 들고 찾아간 날, 약을 건네주고 오는 길은 낮은 기침소리가 따라오는 게 좋았지만 그건 어디까지나 덧없는 꿈이었다 학교 앞 저수지로 걸어 들어간 사람의 검은 물빛을 떠올릴 때면 홀린 듯 그림자가 내게로 옮겨오곤 했다 텅 빈 운동장에서 누군가 빈 병에 소리를 내고 있구나 그때마다 잘린 녹음의 향이 퍼져나가다가 흐린 방을 만들며 강낭콩 깍지처럼 내 슬픈 사람들을 감싸주고 있었다 빗방울이 자주 안개비로 바뀌던 곳, 그래서 걸음이 느려지던 곳, 오래 헤매는 마음으로 시내까지 나가서 아무나 떠나는 사람을 배웅하고 돌아오면 불을 끄고 벽에 기대어 선잠을 잤다 밤이 깊어지면 다시 숲으로 돌아가자고, 가로등 몇 개를 지나 바짓단을 적시며 어두운 길을 걸어 들어가면 비는 그치고 아직 살아 있던, 살아 있던 반딧불이가 저수지 위를 날아가고 있었다 몸을 떨며 사랑했던 것들을 무대 위로 올리는 밤, 그 많은 것들이 전부 사람의 얼굴이어서 나는 어느 쪽으로도 돌아누울 수가 없었다.

주워 온 눈 코 입

신은 유리병 속으로 들어가 뚜껑을 닫는다 사람들은 저마다 자신만의 방식으로 그 병을 흔든다 어디가 아파? 타인에게 약값을 빌려주자

오른손을 올리면 기준
양손을 다 올리면 벌 받는 사람

이것은 흔히 잘못 알고 있는 사실이지만 신은 다 용서할 것이다

제가 열었던 나무의 문을 다시 봉인하고 썩는 나뭇잎처럼 절망을 통과해온 동력도, 노력한 대로 겸손해진 소원도, 그랬구나 그것은 더 이상 아름답지가 않다 간절하지 않다 책을 덮는다 마저 다 읽지 않고 덮은 어느 가을에 상한 빵이 식탁에 올려져 있다

이제 떨림 없는 사랑도 아름다울 수 있다는 것쯤은 안다

저희에게 증오할 직업을 주시고 흠 있는 타인에게 간섭할 용기를 주시고 쾅쾅 흘러내릴 뺨을 주시고, 무너지기로 작정한 어떤 날에도 무너지지 않아야 할 천박함을 주시고, 그리 견딜 만한 감동 때문에 평생을 후회하고 살고 싶나이다

사나흘 간격으로 앓던 창은 아무것도 보려고 하지 않는

노력만큼이나 메스껍고, 오늘 배운 문자로 채워야 할 노트가 너무
넓다는 사실에, 신은 피부병에 걸린 살을 긁는다 심지어 노트는 비에
다 젖어 울어 있다

  오른손을 올리면 질문 있는 사람
  양손을 다 올리면 기도하는 사람

  마음이 아파? 병을 흔들며,
  없는 눈물 대신 자꾸 눈가를 긁었다

빈집에 갇혀 나는 쓰네

빈집에 초대되었습니다
헐겁게 잠겨 있던 문을 열고 들어와
스스로를 가두고 나는 씁니다
주인을 기다리는 검은 개처럼
허옇게 변해가는 빨래처럼

이곳에서 나는 무엇을 찾고 있습니까
길고 축축한 혓바닥이 되어 온종일 벽을 핥아대도
반쯤 잘린 귀가 되어 천장을 훑고 다녀도
비어 있는
비어 있어
유지되는 모두의 가여운 집

인사는 말자
저녁마다 산책을 떠났다가
돌아와 문을 굳게 걸어 잠그고 빈집에 갇혀
나는 쓰고 있습니다
친애하는
초대하는

역

밤이 있고
한 사람이 있다 아무도 그를 모른다

어디서 왔는지 어디로 가려 하는지
손에 쥔 것이 승차권인지 쓰다 만 엽서인지
아니면 그냥 휴지 조각인지
버릴 수 없는지

버린 지 오래인지

아무런 기색이 없다 말이 없고 슬픔이 없다

아니면 그냥 잠깐 잠이 든 건지
눈을 감지도 않은 채로
어떤 꿈속을 걷고 있는지 밤의 한 점을 향해

그가 무엇을 보는지 그것은 정말 밤인지
밤 너머 또 다른 종착역인지, 철골이 비어진 건물들 사이
고요한 폭설은 쏟아지고

길을 떠올릴 수 없어 불현듯
멈춰 선 건지 고장 난 가등 아래 셔터를 내린 철문은 불현듯

어떤 빛을 읊조리는지

문을 두드리는지 다만 문 앞을 서성이는지
바닥에 질퍽이는 낙서 같은 표정을 세차게 문지르면서

떠나는 중인지 돌아오는 중인지
그를 기다리는 누군가 있는지 아직 있는지

아무도 모른다
사람들이 오고 또 가는 사이 흐느끼며 가서는 다시 오지 않는
사이

한 사람이 있다
밤이 있고

벗지 못한 외투가 있다 무거워진 가방이
있다 불현듯

기적이 울고, 감춰 쥔 무언가를 꾸깃대며 떠는 손
그 곁의 누구든 불러 세우려는지
저기요,

아니면 그냥 잠깐 잠이 든 건지

저기요,

하염없는 공책

하염없는 공책 한 마리 갖고 싶어

끝장이 없는 것
끝장이 없는 것

몸을 덮을 수 있는 공책이라면 좋지
무덤처럼 보이지 않는 덮개라면 괜찮아

가장 좋은 건 미래가 없는 것

시를 쓰면 시가 달아나는
나풀거리는 경첩이 달린 공책

수수깡으로 사랑을 지은 두 마리 짐승이
부러지는 비애를 먹고 사는 곳

알고 있는 얼굴 위로 빗금을 그으면
틀린 얼굴이 되는

잘생긴 글자들만 잡아먹히고
나만 아름다워지는 곳

끝장이 없는 것
끝장이 달아난 것

당신 재산이 얼마요 누가 물으면
달려가 공책을 들고 와야지
통장처럼, 공책을 내밀어야지
쓸수록 가난해지는 진짜 공책이
내게 있어요

히스테릭하게 자라는 나무를 뒤집어쓰고
공책 안의 공책 안의 공책 안의
납작 눌린,
어둠이 되겠어요, 말해야지

창밖으로 음소들이 별처럼 뛰어내리고
정확하고 놀란 얼굴로, 상처받은 문장이 사는

하염없는 공책 한 마리

갖고 싶어

말릴 수 없는 것
말릴 수 없는 것

사랑이 직업인 사람이 백수가 되면 어떻게 되나요,
누가 물으면

돌멩이처럼 고요한 답이

뚝

뚝

놓이는 곳

지하실의 종교

「너는 이제부터 지하실에서 산다.」

이곳은 햇볕이 부족하다
사방의 축축한 먼지
나는 거미줄 속에서 무한을 발견한다

젖은 종이박스는
저마다 라벨 속에서 신비를 노래한다

—아, 이게 뭐지.
너는 경이로워하며

고인 물속에 번진 기름의 무늬를 본다

여기에는 뭐든지 넣을 수 있다

누군가는 이것을 주머니처럼 가지고 다닌다
그는 거리에서 사람을 만나고
「안녕하세요?」 인사한 뒤에
상대의 손목을 주머니에 넣을 것이다
그의 손은 이곳에 쑥 들어오며

「어, 여기 사람이 있네.」
나를 만져본다

여기는 지하실
한 줄기 빛도 들어오지 않는 곳

부패한 어둠이 저마다의 온도로 발열하고 있다
나는 보이지 않는 것을 본다
균형 없이 균형을 잡는다

여기는 지하실
나는 여기서 나가고 싶지 않다

누군가 밖에서 나를 흔들고 있다
누군가 밖에서 나를 흔들고 있다

나는 할퀴면서 자라나는 나무이고 싶다

여행자

쓰레기를 내다 버릴 때
어떤 사람들은 결정을 내린다 이곳 또는 저곳—
스쿠터엔 니하이 삭스를 신은 십대들
그 다리를 바람이 손쉽게 문지르며

이 나라에도 시인이 있나요?
당신은 새치가 있지만, 어떤 시인의 털은 아직 검죠
거리를 자꾸 찍어 미안합니다
이제 접시 위에 있는 것만 찍으려고요

하지만 보세요, 저기 몰려다니는
독재자, 광신도, 배금주의자와 무뢰한의 운명
이런 패턴은 친밀감을 줍니다
나무 위로 쏟아지는 열대의 햇살이란 오, 정말 아름답죠!
열매를 가르면, 글씨 빼곡한 물 준 이의 독후감

나는 여기가 싫지만 절망을 배운 점에서 유익했습니다

그것을 먹는 내내 쓰레기 위로 비가 왔고
낮으로 밤으로 누군가가
아무도 기도해주지 않는 존재를 위해 기도합니다
라고 했기 때문에

모두가 제단에 올랐고 빛이 있었고

세상은 충분히 검지 않아서 누구도
완벽히 슬프지 않습니다

어느 푸른 저녁

이상하기도 하지, 가벼운 구름들같이
서로를 통과해가는
나는 그것을 모자라 부른다, 거대한 모자 속으로 두 눈을 가리고
걸어 들어가는
기울어진 어깨를 부서진 창을 소리 지르는
취한 여자를 그림을 찢는 화가를 문을 두들기는 다급한 주먹을
흩날리는 새벽
진눈깨비를

끝없는 행렬

가벼운 구름들같이
낱장의 페이지 의미 없는 기호 푸르고 푸른 태양 어슷 썰어
포개둔 이파리 채소들
차가운 사과 소란스러운 열매 사이 스쳐 지나가는 도시 검정
패딩을 입은 사람들
서로를 통과해가는

이상하기도 하지…… 이상하기도 하지…… 이상하기도 하지……
끝없이 중얼거리는 걸어 들어가는 소리 지르는 문을 두들기는
흩날리는

나는 그것을 노래라 부른다, 푸른 저녁 귓병을 앓는 상자에게
나는 준다, 그것을

끝없는 행렬

상자 속에서 바람이 불고 눈이 내리고 밤이 오고 밤이 가고
바람이 몰아치고 눈이 뒤집히고 밤이 밤을 놓치고
　　가장 아픈 형식으로
　　세계의 모든 창이 부서질 때
　　가장 아름다운 형식으로

　　이상하기도 하지 새처럼
　　가볍게 서로를
　　통과해가는

흔들리는 거울 흔들리는 그림자 흔들리며 천장을 가로지르는 빛
뚝뚝 떨어져 고이는 빛 웅덩이, 그것을 나는 보편이라 부른다, 모자를
쓴 채 멀어지는 구름들같이

　　섬망에 시달리는 차가운 손가락들같이

　　불속에서 불을 기다리는 기쁜 날개같이

　　이상하기도 하지, 어려운 암호문같이
　　비좁게 서로를 붙들고 놓지 않는

나는 그것을 사랑이라 불렀다, 어둠을 휘젓는 손전등 빛 계단에
앉은 무릎과 입김들 천사를 닮은 악마를

누구도 잊은 것을 떠올리지 못했다

*

세상에서 가장 커다란 이불이 지구를 뒤덮고
잠들어 단 꿈속에서

몽유

끝없는 행렬

어느 푸른 저녁

세계의 마지막 눈꺼풀이
닫히는 소리

나는 한 번도 만난 적 없는
그를 생각한다

서울 고속버스터미널에 입점해 있던 서점에서
처음 기형도 시집을 샀다
시를 알려줄 테니 서울로 오라던 사람에게서 바람맞았던
고교 2년생 때의 일

얼굴도 모르는 그의 표정을 그려가며
버스 차창으로 흐르는 외딴집에 묶인 개나 소가 되어보았다
그가 사서 꼭 읽어보라던 시집은
서울까지 다녀온 나의 증명이었다
허락을 구하기 위해
심증을 남기기 위해

학교에서 사육된 아이들은 원하는 곳에 갔다
개 중 잘못 길러진 아이들이 도축장 도끼를 가장 먼저 알고
어디선가 흔적도 없이 박살 내리……
수능이 끝나고 참고서를 창밖에 던지던 날
함께 딸려 버려진 기형도 시집을 줍기 위해
종이 폭탄 속으로 걸어 들어갔다
구겨짐을 처음 이해하는 시간이었고
무자비했다

그때 그 사람은 왜 나타나지 않았나

그런 건 살면서 궁금하지 않았다
쓴 것을 읽어볼 수 있나요?

돌이 말랑해질 때까지 기다리기로 했다
그런 사실은 잠깐 잊어도 좋았다
다시 올게, 인사하고 손에 쥔 돌을 저수지에 던졌다
능청 부리던 철새들을 깨우고 말았다

내가 기다릴 때
그는 이 세상에 없는 사람일 수도 있었다
새 구두를 사러 명동에 갔거나
카페 빈센트 반 고흐에서 각설탕을 녹이고 있었을지도

나는 한 번도 만난 적 없는 그를 생각한다●
그것은 내가 안개를 묘사하는 방식이고
버려진 나무공을 지켜보는 일이며
창문의 것이 아닌 구름을 놓치는 일이기도 하다●●

온다고 하여 오는 것들과
오라고 하여 가는 것들은 짝이 맞지 않고
일면식으로 구김살 정도만 있는 사이

눈알 없는 사람이 저 멀리서
내가 손에 쥔 작은 책이 무엇인지
몇 분을 더 기다리는지 바라보고 있다

저 사람은 내가 기다리던 돌인가?

●   기형도의 「입 속의 검은 잎」에서.
●●   기형도의 「죽은 구름」 변용.

선배, 페이스북 좀 그만해요

빠른 육공인 그 또한
파란색을 좋아했을 거라는 확신이 든다
여기저기 말 붙이기도 좋아했을 것이다 묻는 말에
답하는 것일 뿐이지만 그것이 그의 직업이었을
것이고 사람들이 좋아했을
것이다 좋아함을 좋아하는 사람들이
있고 좋은 게 좋은 것이고 알 만한 사람은 아는
것이다 뒤에서 비아냥거리는 일은 누워서 떡 먹기보다
쉽다 질식해 죽을 일도 없고 비틀어진 치열도
상관없지 이를테면 10월 31일이면 어떤 노래가
떠오른다며 서로를 추어올리는 낭만의 대가들, 때때로
광장의 혁명가
저돌적인 자본가
발기부전 환자
집권당의 당원
리버럴 중산층
현대프랑스철학은 알아도 페미니즘은 모르는 시민
평생 종편 뉴스는 안 보지만 가끔 포르노는 보는 사람
어느 동네든 맛집을 두루 아는 사람 내장비만인 사람
뭐든 극단적인 건 싫은 사람 산이 좋은 사람
등산 가서 셀피 찍는 사람 꽃이 좋은 사람
대리운전 기사가 한낮에도 오는지 안 오는지 알기

싫은 건 모르고 모르는 게 약이고 그래서 약을 좋아하는
사람과 그 사람을 좋아하는 사람과 좋아함을 좋아하는 사람
좋은 게 좋고 죽어도 좋아서 우리는 한잔했다
빠른 육공인 그도 페이스북에 글 좀 썼을 것 같다
미안하지만 희망에 대해 말하자면
죽은 사람은 계정을 새로 팔 수 없으며
나는 계정이 있고 살아 있는 한 뭐라도 좋아할 예정인데
선배님이 제 롤모델입니다,
빠른 육공이 시퍼렇게 웃는다
북한산 꼭대기에 그득 찬 미세먼지가
비뚤배뚤한 치아 사이를 비집고 들어와 질식사를 일으킨다
참,
좋았다

病

사슴뿔 사슴뿔 사슴뿔

연무 그러니까 새벽은
숲에 들어가 잎담배를 말아 피우고

그곳으로부터 메아리

사슴뿔 사슴뿔 사슴뿔

잎을 썰어 말리는지
뿔을 사선으로 써는지
알 수 없었지만

내 안의 사슴은 올곧게 자랐다 그러다가 심심할 만하면 폐를
찔렀다

사슴뿔 사슴뿔 사슴뿐

메아리를 사선으로 써는 곳이 있었네

붉은 두건을 두르고
메아리는 뻗어 나가네 순록처럼

폐는 얼마나 팽창해야 구름이 되는 걸까

돌아오지 않는 메아리는 그 어떤 섬인가

조치원

기차는 아직 달리고 있습니다. 여전히 겨울이고요. 무서운 속도로 몸을 뚫고 옵니다. 매일 찢어집니다. 돌아온 건 아닌데 돌아온 것 같은 여기는 아직 중간이고요.

나는 아무와도 친하지 않습니다. 열차 속 의자는 너무 가까워 사내의 뼈냄새까지 맡을 수 있습니다.

악을 쓸 때만 입을 벌리고, 그 틈으로 잠깐씩 바깥을 봅니다. 사나운 플랫폼에서 사람들은 사라진 척추동물같이 서 있습니다.

기차는 깊이 들어옵니다.
이렇게 벌벌 떨면서
우리는 어디로 가는 걸까요?

달려가고 있습니다. 목구멍으로 들어와 질주합니다. 몸속에서 바퀴들이 굴러갑니다. 찢으면서 갑니다. 가슴에 묵직하게 걸려 있습니다. 아직 중간이고요.

급정차할 때 조율되지 않은 비명이 터집니다. 친하진 않지만 잠시 나는 내 손을 잡았습니다. 사내가 절뚝거리며 내립니다.

그가 이쪽을 오랫동안 보며 서 있습니다. 돌아온 건 아닌데 돌아온 것 같습니다.

다시, 기차는 달립니다.
아직 중간이고요.

두껍고 딱딱한
무뚝뚝한 굴뚝 그러나[•]

터널 내부는 축축하다
자동차 열병식 열기로
사람들 살갗에서 흘러내리는 검은 땀 냄새로
터널은 바다로 향한다

둥근 천장 한가운데 보이지 않는 긴 구름이 생성 중이다
당신은 저 구름을 본 적 있는가 나는
눈으로 다시 내릴 시멘트 반죽 구름을
터널 바깥 빌딩 사이에서 매일 본다
구르지 않는 타이어에 지친 아이가

유리창을 내린다
환풍기 프로펠러 소음이 출렁인다

무조음

어떻게 터널은 무너지지 않는가
어떻게 구멍은 메워지지 않는가

나는 소음의 아치를 배워야 한다

통로

통과

통행

흐름

이행

이주

추이

복도

체류

구절

악절

행렬

실행

돌파

숨결은 바다로 향한다

공기가 도열해 있다

그러나 여름 저녁의 태양

용광로 불꽃이 공기를 사른다

나는 푸른 산성•• 기체를 들이마시고 내쉰다

나는 하얗게 타오른다

투명한 하늘이 있다

잠긴다

닿는다

두껍고 딱딱한

무뚝뚝한

벽돌에 닿는다

그러나

● 　기형도의 형용사와 부사와 명사 옆걸음 치며
　　나아가기.
●● 　Hydrogen cyanide 靑酸

누가 건널목에서
홍상수를 보았다 하는가

북촌 휴대폰 대리점 앞에서 장이 구두 뒷굽으로 얼음을 깨면서
신호가 바뀌길 기다린다. 장은 보험금 수령일이 언제였는지
생각하다가 엉뚱하게도 장갑 한 짝을 잃어버렸다는 사실을 깨달았다.
언제 장갑을 잃어버렸는지 기억해내는 동안 그는 무구한 순간을
살았다. 그 몇 초는 장을 깨끗이 통과했다. 흰 종이 위에 눈송이가
수직으로 떨어지면서 한 치의 오차도 없이 완벽하게 제 그림자를
포개듯이.

사토미는 과거를 따라다녔다. 그녀는 조계사 맞은편 가게 안에
진열된 불상을 들여다보았다. 반복에 대해서라면 할 말이 너무 많아서
할 말이 없다. 그녀는 한국 남자를 사랑했는데 정작 자신을
궁리하느라 많은 시간을 썼다. 불상은 모조품이다. 그녀가 가진 건
착하고 더러운 개뿐이었기 때문에 진심으로 합장할 수 있다. 가판대
위에 딸기를 볼 때처럼 불상 앞에서 그녀의 늙은 눈은 짧게 빛났다.
시고 밝은 겨울의 빛이.

만희는 통화를 하다가 지하철 반대 방향 플랫폼에서 내렸고 다시
건너편 승강장으로 올라갔다. 그는 이번에도 승진하지 못했다. 그는
대답을 세 번씩 하는 버릇이 있었다. 시청역을 빠져나왔을 때 날이
흐렸다. 동전으로 긁으면 벗겨질 것 같은 은박의 하늘에 눈송이가
잘게 흩날렸다. 시계 초침이 9를, 9와 9 사이의 간격을, 그 이후의
꾸준함을 지나가며 가리켰다. 그는 을지로입구에서 내렸어야 했다.

눈은 그새 물이 된다.

스크린 속의 개가
스크린 밖의 개와 눈이 마주친다.

우연은 교차한다. 세 사람이 동시에 횡단보도에서 만날 확률처럼
어긋난다. 어디서 이미 본 것 같은 장면을 떠올리며 갸웃한 얼굴로
그를 본 것 같다고, 말한다.

물방울의 밤

한때 내 육체를 사용했던 이별들이여
찾지 말라, 나는 곧 무너질 것들만 그리워했다•

그리워했다, 무너질 것

길은 이미 나아갈 수 없었다
주저앉았고
여기 어둡고 둥근 자국
달이 없는 밤이었다
몸속의 가장 큰 물방울을 떼어
밤하늘에 걸었다
손끝은 비릿하고
몸은 텅 비어서 슬펐다
슬픔 속에선 다리를 계속 꺼냈다
물빛과 길
아슬한 곳에 발을 디딜 때마다
첫 문장을 품었다
다시 주저앉았고
여기 어둡고 둥근 자국
더듬어서 들어갈 수 있는
나만의 방이었다
달이 없는 방엔 시를 걸었다

시 한 줄이 잠깐 환한 사이
짧은 사랑에 빠졌다

물방울이 뜬 밤이었다

이미 낡은 시를 두고
긴 이별을 했다

무너졌다, 그리워할 것

● 기형도의 「길 위에서 중얼거리다」에서.

'어느 푸른 저녁'의 시인에게

날마다 내 안에서 뛰쳐나가
아득히 사라지는 아이를 보며 나는 영원이라는 말을 상실 속에
가두어버렸다

시를 쓰다보면 벌레를 닮은 글자들, 일제히 깨어나 슬금슬금 흰
종이를 기어나가
보이지 않는 곳으로 숨어버리고,
어딘가
높은 데서 쳐다보면 사람도 벌레처럼 보여서
모퉁이마다 시간이라는 약을 놓아서는 조금씩 우리를 먹이고
있는 것 같아

시인이 되면
잘 숨어 다닐 수 있을까 했다

모든 계절은 습관이 되고 모든 날들은 순서가 되는 생활의 텅 빈
지하실에서
똑, 똑, 똑, 낙숫물처럼 듣는 저녁이 천장에 열어놓은 어느 푸른
눈망울로부터

다른 나라에서

호텔 지배인이 20년 만에 눈이 내렸다고 했다
태어나서 처음으로 눈을 본 사람도 있다고 했다
당신들은 축복받은 사람들이라며 웃었다
우리는 겨울에 눈을 지겹도록 본다고 했다

해변에 닿기 위해서는 어둡고 긴 터널을 지나야 했다
터널을 지나자 눈은 금세 비로 바뀌었다

두 손바닥에 담긴 물처럼 바다가 거기 있었다
비가 내리는데도 바다는 흘러넘치지 않았다

물새 두 마리가 바다 위에 떠 있었다
날개를 접고 파도 위에 몸을 맡기고 있었다
내란을 기획하는 밀서에 찍힌 인장처럼 미동도 없이

서로 마주 보다가 등을 돌리기도 했다
생각의 알을 품고
누가 먼저 날아갈지 내기라도 하는 것 같았다
눈 감으면 어디나 고향이었다
눈을 수평선처럼 가늘게 뜨면 모든 것이 신비로웠다

수평선에서부터 앉은걸음으로 다가오던 파도

해변에 이르러 무릎을 꿇으며 새하얀 레이스를 펼친다

우리가 무릎 꿇은 자리마다 그림자는 검은 울음을 남겼다
해마다 늘어가는
몸의 구멍들을 담아내지 못하는 그림자는 흐려지기만 한다

젖지 않는 그림자를 앞에 두고 바다는
물거품이 된 그물을 천천히 거두어들인다

우리는 우산을 나눠 쓰고 등을 맞대고 울었다
나는 바다를 보고 너는 육지를 보고 있었다
눈 뜨면 누구나 이방인이었다
우리에게는 더 이상 어떤 것도 신비롭지 않았고
금방이라도 흘러넘칠 것 같았다

편지가 든 병이 해변 쪽으로 계속 밀려왔다
한 번도 보지 못한 외국어로 쓴 편지가

신들의 상점엔
하나둘 불이 켜지고•

가장 충실한 검정을 골라
검은개가 태어난다

검은개의 검정은 검은개의 영혼
과 영혼 아닌 것

나의 영혼과 개의 영혼이 뒤섞인대도
개의 영혼을 골라낼 수 있다

나의 것에는 충실함이
부족하다

저녁에는 창가에 앉는다
컵에 부으면 고요해지는

일몰 이후 인물들은
밤의 요소가 되어간다

검은 페이지가 대부분이고••
오래 들을 수 있는

가장 부드러운 고요를 골라

밤으로 태어난다

창가에서 손이
시렵다

작은 상자가 되고 싶어서
자루 속으로 모서리들이 걸어간다

2층에서 기다릴게

1층이 사라진 것처럼
손이 식지 않는 것처럼

0과 0 사이만큼
풍부하게

●   기형도의 「숲으로 된 성벽」의 2행.
●●   기형도의 「오래된 서적」에서 "나의 영혼은
       검은 페이지가 대부분이다"를 변용.

한계점

그날, 달 위에도 밤은 내렸다

둥근 계절
주어진 의심
의심을 만드는 여름밤

창으로도 빛은 들었지만 더는 달을 사랑하지 않게 됐다
난 오늘 사랑을 의심하지만,
누군가는 여전히 천국이라 믿었다

울분을 동력으로 회전하는 기차
고향에서 만났던 사내의 빼곡한 뒤통수

합 없는 도시를 떠나 숨 참는 우리
도리어 공기가 되려
돌아가는 기차 안

승객들은 표를 사기 위해 천국을 버렸다
믿지 않으므로 무엇도 잃지 않았다

분명한 뒷면을 향해 걸었다

그날, 달 위에도 밤은 내렸다

반
유령

0-1.

신(神)이 아닌 자의 집•을 보았다

텅 비어 있는 이곳은 유령의 일이었는지
우리 집과 가깝지도 않았는데 목격되고 있었다

흔들의자에도 판이 열리는 식탁

가리지 않겠다는 물불이 집안이었다

피보다 더 흘러내리는 시간이 여기 있었고

빈 방을 떠나갔던 영혼이
엉킨 손금부터 초대받았다

흐트러지는 지붕선

완행하는 빈 곳

죽은 사람으로 비워낸

집 그림자가 서는 그 자리에서

1-0.

내가 이 마음을 떠났을 때
나는 이 사실을 잊지 않았다

나는 영혼을 닫고
빈 방으로 나를 숨길 수도 있었지만

입안의 속살을 깨물듯 내 영혼을 깨물었다

그러자 머리와 얼굴 사이에
웃는 얼굴도 뼈였다고

텅 비어 있는 이곳은 죽은 이웃만큼의 소문이 돌고

나는 우리 집과 가깝지도 않았는데
목격되고 있었다

웃는 얼굴도 뼈였다는

이 집이 언제 끝날지 모르기 때문에

●　기형도의 산문 「짧은 여행의 기록」에서.

커버링

포도밭에 갔었다. 사람들이 모여 있었다. 흙 위에서 발을 구르고 있었다. 단단한 땅을 더 단단하게 밟고 있었다. 적막을 닮은 흙일까. 흙을 닮은 적막일까. 한 가지로 전부를 생각하는 버릇. 작은 알맹이로 변해버린 적막을. 입 안에 넣고 껍질을 뱉고 있었다. 한 알씩, 한 알씩 까마득해지고 있었다. 입에서 시고 떫은맛이 났다. 뱉을 수 있었다. 그런데도 자꾸 끝나지 않았다. 흙을 밟고 있는 얼굴들. 이미 자란 나무는 더 자랄 수 없다. 그렇게 말했다. 그리고 포도밭에 갔었다. 사람들이 또 모여 있었다. 누군가 움직일 때마다 소리가 났다. 흙 밟는 소리였다. 자세히 들어보면 뿌리가 밟히는 소리였지만. 자세히 듣는 사람이 없었다. 손을 뻗어보려 했다. 더 더 깊은 쪽으로. 이런 건 아무런 의미가 없다고. 지우고 지우면서 앞으로 나아가면서. 그래서 포도밭에 갔었다. 왜 그토록 무서워했을까.* 다 자란 것들을. 밟고 있는 것들을. 내가 밟을 수도 있었다. 뿌리가 되지 않을 수도 있었다. 더 자라지 않을 수도 있었다. 가지 않을 수도 있었다. 그 생각으로 포도밭에 갔었다. 빠져나와서

제 입이 까맣게 변해버린 줄도 모르고. 열매를 맛보려 할 때. 깊은 기쁨처럼. 흩어지는 슬픔처럼. 내가 미래의 이름을 모르고도. 잠시 살아 있는 시간 위에 앉아 있었던 것처럼.

잘 보이지 않았다. 그래서 생각하게 되었다. 보게 될 것과 만지게 될 것들을. 보이지도 만져지지도 않는 시간을 계속해서 쌓아가면서. 손끝에 올려둔 아주 작은 상자를 보면서. 너무 작아서 열어볼 엄두가 나지 않는 상자를 보면서. 이 작은 상자 안에 무언가 들어 있다고

생각할 수 없었다. 그런 상자를 몇 개 가지고 있다. 안에 아무것도
었다고 생각하기도 하고, 어떤 것이 꽉 차 있다고도 생각하면서.
상자를 열 수 없는 손일까. 열 수 없는 상자일까. 습관처럼 질문의
의미를 생각하면서. 무너지는 건 쉬우니까. 아무 때나 포도밭에
갔었다. 그렇게 믿으니까, 그것만 있는 세계에.

● 기형도의 「포도밭 묘지 1」에서.

안개는 내 입술 끝에서도
고요히 피어오르고 있다[*]

여기서부터 출발하죠, 그렇게 말하면서 너는 이미 거기서부터 떠나온 사람이 되어 있었고 여하튼 어디로든 가야 한다면 다른 도시 향해도 좋을 거라고 생각하며 이미 버스에 올라 차창으로 비치는 풍경을 바라보고 있었다. 창가라면 목적지는 어디든 상관없었으므로 역시 창에 비치는 것이라면 그 어떤 것도 좋았으므로 내내 이동하면 차창에 비치는 네 모습을 바라보고는 네 멈춤 같고 네 스밈 같다고, 생각하고 있었다. 너는 네 검은 잎 같다고. 너는 네 비유 같고 네 꽃빛 같고 네 모빌 같다고. 너는 네 운전자 같고 네 승객 같다고, 그런데 정말 그러하군요, 하고 너는 네 몸을 빤히 쳐다보기도 했고 버스는 이내 목적지에 다다르고 있었다. 진눈깨비가 흩날리고 있었다. 사람들은 버스에서 다 빠져나갔고 너 역시 천천히 내린 후 소도시를 거닐며 터미널 풍경을 바라봤고, 흩어지고 모여드는 사람들이 왠지 아찔해져서 대합실로 도로 들어가 앉아 있었다. 사람들은 다 살아 있군요, 그 주위도 다 살아 있어서 어딘지 죽은 비유 같다고, 그렇게 진눈깨비는 흩날렸고 너는 상심한 표정으로 너보다 더 상심한 표정 사람을, 아니 이제 더는 상심할 것도 남아 있지 않은 사람을 물색하려 했다. 그가 사람이 아니길 바라면서, 그를 따라가보기로, 그를 따라가서 다르게 전개해나가보기로, 그러자 한 사람이 눈에 띄었고 그는 마침 버스를 타려 하고 있었다. 너는 황급히 표를 끊고 그 뒤를 따라서 버스를 탄 후 이제 또 다른 도시로 이동하고 있었다. 뒷좌석 앉아서 그를 주시하다가 이내 그를 잊고 너는 차창 밖 풍경에 마음을 빼앗기고 너는 네 환상인가, 너는 네 모티프인가, 창밖은 하얗고, 너

진눈깨비로 네 머리카락이 하얗게 뒤덮여버리길 바랐으므로 차창을 밀어보려 했다. 차창은 밀리지 않았고, 아니 애초에 차창은 밀 수 없도록 설계되었고, 너는 네 쓸쓸함인가 너는 네 불안인가, 너는 네 절망 같은 것인지 그게 아니라면 무엇인지, 너는 옆에 앉아 있는 사람을 바라보면서도 밀면 밀리는 사람인가, 문득 의심이 들었고 순간 모든 게 비좁게 느껴졌다. 그러므로 빨리 벗어나야 할 거라고, 어디서 그 일이 터질지 모른다고. 버스는 다행히 휴게소를 향해 방향을 틀었다. 너는 도망치듯 버스에서 내렸고 진눈깨비가 흩날렸다. 너는 휴게소에서 머뭇거렸고 문득 뒤돌아보자 그가 네 뒤에서 서성이고 있었고 시간이 오래 흐르고 있었다. 시간이 흘렀지만 버스는 떠나지 않는다. 아무리 시간이 흘러도 버스는 떠나지 않았다. 얼마만큼의 흐름인가, 너는 다르게 전개해나가기로 하면서 화장실로 들어가 앉아 있었다. 제발 버스가 너를 둔 채 떠나가길 바라면서, 그렇게 되면 다시 시작할 수 있을 거라고. 하지만 화장실 문을 두드리는 소리가 들렸다. 여기서부터 출발하죠, 그가 말하고 있었다. 진눈깨비가 흩날렸고 죽은 비유 같았다.

● 기형도의 소설 「환상일지」에서.

검은 입들

숲은 아침에는 지옥이 되었다가 저녁에는 고독이 되었다 그것은 개인적인 불행●일 뿐 세계는 무사했고 계급은 견고했다 최저임금 때문에 30년을 다닌 직장을 그만둬야 하는 놀라운 일이 일어났으나 아무도 놀라지 않았고 그것은 개인적인 불행일 뿐 냉장고 속의 시든 재료를 가지고도 환상적인 요리를 만들어내는 요리사들의 솜씨는 먹방의 환상적인 시그니처 콘텐츠로 각광받았다 그러는 사이 75미터 높이 굴뚝에는 두 번의 겨울과 한 번의 여름이 다녀갔고 진로를 고민하는 아이들의 장래희망으로 요리사 아니 셰프의 인기가 급 치솟았다 세계는 무사했고 고용할 여력은 있지만 고용할 수 없다는 환상적인 인터뷰를 하신 경영자의 안전도 다행히! 보장되었다 세계는 무사했고 계급은 단단했다 숲은 아침에는 지옥이 되었다가 저녁에는 고독이 되었다 그것은 개인적인 불행일 뿐 오늘도 높이 솟은 굴뚝 위 노동자들의 불행은 안전하게 보장되고 있었다

숲은 불행을 중단했다

● 기형도의 「안개」에서.

정거장에서의 대화

숲을 거닐 때
숲이 되는 사람이 있고
숲을 잊는 사람이 있다면

묻고 싶었다
그는 어느 쪽이었을지

*

공중에 흩날리는 눈송이를 하염없이 바라보다가
이제 따라갈 준비가 되었다고 중얼거리는

암호도 수수께끼도 아니지만
풀리지는 않는

그는 그런 사람이었다
파괴가 뭘까요? 물으면
한참 뒤
얼굴을 갖는 것이지요,라는 대답이 돌아오곤 했다

*

그는 긴 여행을 떠나온 듯했다
눈을 감으면 검은 잎들이 파르르 파르르 흔들리는 언덕이 있다고
그 나무를 찾아서
매달린 영혼들을 구해주겠노라고

자정
세상을 엿듣는 달 하나가 그의 어깨에 걸터앉는 것이 보였다

*

어제는 이상한 공장에 다녀왔습니다
새가 새에 깃들 때까지 한참을 기다렸다가
텅 빈 가슴을 열고 그것을 하나씩 심는 사람이 있더군요
깃든 새는 붉었습니다
깃든 새는 잠기지 않는 수도꼭지처럼
연필을 깎게 하고 푸른 종이를 찾아 헤매고
문을 잠그는 손이 됩니다
가지 잘린 늙은 나무가 됩니다

*

그리고 그는 버스에 올랐다

유리창 너머를 바라봤지만
창밖을 보고 있는 것 같지는 않았다

죽음에게도 비밀이 있다면
꼭 저런 모습일 거라 생각했다

긴 휴가의 기록*

나는 오랫동안 고립되어 있었지요 아니, 고립되기를 스스로
원하였습니다 누군가 나를 부르는 소리를 듣지 못했습니다 거리를
걷다가 문득 뒤를 돌아보면 비명 소리가 들리곤 하였습니다

어제 새벽에는 갑작스럽게 눈이 쏟아지던데요

두 팔을 벌리고, 입을 벌리고, 눈을 부릅뜨는…… 그런 짓은 하지
않았습니다 기나긴 다리를 건너며 그저 출렁이는 물결을 바라보았을
뿐입니다

흔들리는 불빛과 흩날리는 눈발

그곳에 내가 비춰지고 있었습니다

이곳은 어디일까

지금 나는 어디에 있는 거지?

뒤를 돌아보면 비명이 들리더군요

검은 잎 소년

탈진과
우울과 고독과
망상과 자폐와 잡념과
슬픔과 슬픔과
슬픔이

때때로 사람들을 사로잡지만

그럴 때마다 나는 과거를 더듬기 시작합니다

유년 시절이라고도 부를 수 없을 만큼 체구와 마음이 너무나 작던
시절, 내 최초의 기억은 고드름에 대한 것이었고 그에 관해서라면
폭설과 처마 끝과 폭 좁은 골목과 부르튼 입술에 대해 말할 수
있겠지만 나는 한 번도 그러지 않았다 대신 가끔 일기장에 '내가 왜 날
버렸을까요?'라고 쓴다

물고기들은 물속에서 썩는다 그물에 걸린 물고기를 건지며 손에
배인 비린내로 나는 그 사실을 배웠다 강가의 어류는 바다를 이해할
수 없어요, 나를 뒤엎는 커다란 그림자에게 말했을 때 그는 대답했다
나도 누군가를 이해하는 게 매우 어렵구나

동네는 재개발로 인해 흙먼지가 끊이지 않았고 그곳에서
무언가를 쌓아 올리는 인부들이 있었다 친구들과 골목을 달리다 보면
죽은 동물을 자주 마주할 수 있었다 어느 날에는 부리를 크게 벌린 채
죽어 있는 새를 마주했으나 누구도 부리 속에 잎을 넣어주지 않았다
지금에 와서야 그것이 하나의 죄악으로 남았다

바다로 갈 수 없어도 나는 여전히 좋을 것이다

어떻습니까 나는 아무래도 이 정도의 인간이었던 것입니다
파도를 이해하고 물결을 사랑한다고 떠들었지만 사실 바다에 대해선
무지했던 것입니다 언젠가 나는 꿈속의 불청객에게 발목을 붙잡혀
오랫동안 꿈의 세계에 고립된 적이 있습니다 얼마나 시간이 지났던
걸까요 나는 얼마나 늙고 난 뒤에야 꿈에서 깨어난 걸까요 미래의

슬픔을 모두 겪은 이의 마음은 어떻습니까 나는 아무래도 이 정도의
인간이었던 것이라고, 그런 생각만 맴도는 밤은 미래의 슬픔과 얼마나
가깝습니까

나는 일어나자마자 꿈 일기를 적는 버릇을 기르기 시작했습니다
"파도 소리여, 나는 아예 네 앞에서만 소리 죽여 울고 있는 캄캄한
심장의 박동이었지. 아니 하나의 전율로서 소스라치는 천둥이었는지
몰라. 숲을 뒤흔들고 파도로 흩어지는 짐승의 비명이라면 믿을 수
있을까."

강물 위로 흔들리는 불빛을 바라본다
흔들리는 불빛을 바라보는 남자를
바라본다 먼 곳으로 떠난 휴가지에서
아무것도 얻지 못한 남자의 마음을 헤아린다
이제는 그를 헤아릴 수 있다고
나는 중얼거린다

아무래도 과거의 죄악이 지금의 나를 만든 것 같다는 생각이
멈추지 않는다

휴가를 마친 그는 사라진다

나는 따라갈 준비가 되어 있다 눈이 쏟아질 듯하다

희망에 지칠 때까지

어느 늦은 밤, 남자는 극장에 들어선다 상기된 볼에는 아직
추위가 가시지 않은 상태였다 탈진과 우울과 고독과 망상과 자폐와

잡념과 슬픔과 슬픔과 슬픔이 끝나지 않을 것을 예감하면서……

　　남자는 자리에 앉아 영화를 관람하기 시작한다

　　"짧은 휴가를 마치고 서울로 돌아온 남자는 문득 거리에 아무도 없다는 것을 깨닫는다. 다음 날에도 그다음 날에도 사람을 발견하지 못한다. 남자는 이곳이 꿈이라고 생각한다. 현실과 구분되지 않을 정도로 아주 길고 긴 꿈이라고. 남자는 스스로 꿈의 세계에 적응할 거라 예상했지만 그러지 못했다. 다리 위에 서서 발밑으로 출렁이는 강을 바라본다. 이곳은 어디일까. 지금 나는 어디에 있는 거지? 남자는 뒤를 돌아본다. 아무 소리도 들리지 않는다. 이곳에서 남자는 멎는다."

●　기형도의 산문 「짧은 여행의 기록」에서.

그

우연찮게 그 길을 지나치게 되었다
우연찮다는 것은
꼭 우연한 것은 아니라는 말이다
의도한 것도 아니라는 말이다

길 한복판에 그가 서 있었다
필연적인 자세로
반드시의 직립으로
그렇게 될 수밖에 없었다는 눈빛으로

사람들은 길가로만 걸었다
자신이 있을 곳은 귀퉁이라는 듯이
언저리에서 맴돌다 사라지겠다는 듯이
하나같이 표정이 없었다

무표정도 표정이다
침묵이 말이듯이
어느 때는 가장 강력한 말이 되기도 하듯이
끈질기게 묵묵했다
묵묵하게 뚜벅뚜벅 걸어가고 있었다

보도블록이 가지런히 놓여 있었다

그림자 하나도 빠질 수 없을 만큼 틈이 없었다
견고했다
블록을 들어내면 암호가 있을 것 같았다
해독될 수 없는 암호
마침 아무도 신경을 기울이지 않는 암호
마침내 해독되지 않는 암호

때마침 칼바람이 불어왔다
길 한복판에서는 공사가 한창이었다
거기에 그가 서 있었다
예외처럼
맥없이 풀려버린 암호처럼

종이 인형처럼
나풀거리며
비틀거리며
입체가 되지 않기로 결심한 평면처럼
고개를 수그려
맨홀 안을 들여다보고 있었다

금방이라도 맨홀에 빨려 들어갈 듯
지나칠 정도로 위태로웠다

그러나 나는 길로 나아갔다
길 한복판으로
공사 현장으로
전속력으로
흔들리는 사람이 여기에도 있다고

리듬을 잃어버린 사람에게도 구두는 필요하다고

함구한 채로 포효했다

지나칠 수도 있었지만
붙들어 맨 풍경이 있었다

지나치되
지나치지만은 않아서 기억이 되었다

입 속의 검은 잎

입은 말한다 일 넌 가까이 책상에 매달아놓은 꽃을 문득 내다
버리게 되는 날에 대하여
　　시간 맞춰 도착하기로 한 장소는 왜 항상 나의 집으로부터 가장
먼 곳인가
　　그런 문제에 대하여 혹은 완전히 지쳐버렸음에 대하여
　　굴뚝을 슬그머니 빠져나오는 하얀 수증기와 슬픔을 분별하지
못하게 된 날들에 대하여

　　입은 말한다 만두피를 오므리고 있는 모녀의 손끝에 대하여
　　철면피들이라면 모름지기 꺼려지듯이 아가야 얇게 더 얇게
얼굴을 펴렴
　　사람의 머리를 본떠 만든 고기주머니들
　　말수 없는 가축들의 목방울
　　소와 작은 당나귀, 고양이와 개
　　이 지옥보다 조금만 덜 지옥으로 가고 싶다는 작은 꿈을 말한다

　　내가 가족사진을 잃어버리면 길 한복판에서
　　모르는 사람의 겨울판화를 줍는 모르는 사람이 발생하는 것이다
　　눈가의 물방울은 네 번 접은 티슈의 모서리를 완만하게
무너뜨리고 싶다

　　고양이를 괴롭히는 쥐가 등장하는 만화영화 있었지

토미, 나의 쓸쓸함을 쫓는 고양이
가끔은 장소가 나를 방문할 것만 같다
갸릉갸릉 나의 견해 역시 그렇다네

삼나무 숲이 흘리는 저 긴 목, 귀가 어두운 늙은이는
숲의 소실점을 바라보며 말한다 뭐라구? 죽었다구? 나라구?
죽은 구름에 신발 한 짝 실려 떠간다 잎은 푸르구나…… 푸르구나
드문드문 검구나…… 검구나
리프트에 올라탄 메아리처럼
부드러운 걸음걸이로 사라지네

입은 말한다 일 년 내내 안개가 자욱한 저수지에 대하여
잉크가 동난 펜 끝이 흰 종이 위에 갈겨쓴 메시지
빈집에서 혼자 켜졌다 혼자 꺼지는 센서등의 불빛은 밤새도록

도무지 이 중얼거림을 멈출 수가 없다네
단 한 번도 입 다물기를 원하지 않은 적이 없다네

鳥致院

한밤중에 깨어 보니 현관문이 덜컥이고 있었습니다.
내 집은, 다시 말하지만, 그다지 살 곳이 못 됩니다.
낡고 형편없는 곳이지요. 내가 있는 쪽에서
현관문은 보이지 않았습니다. 단지 덜컥이는 소리가
단속적으로 들려왔어요. 그 소리에 깬 것인지
깨어보니 들린 것인지는 모르겠습니다.

나는 일어나 앉아 현관 쪽을 가만히 바라보았습니다.

무슨 일인지 가볼 수도 있었을 텐데
그러면 다 알게 될 텐데
몸이 말을 듣지 않았습니다.
왜 그럴 때가 있지 않습니까.
속에서는 어서 움직이라고 소리치는데
밖은 고요하기만 하고
몸은 내 몸 같지 않을 때가요.

그때 생각했어요. 죽은 몸에 내가 들어왔구나.

예감 같은 게 있었거든요. 그때
현관문이 다시 덜컥이기 시작했습니다.
작은 성냥 불빛 같은 게 공중을 훑다가

금방 꺼져버렸습니다.

사내는 거기서 어두운 차창 밖을 오래 내다보았다. 보세요.
눈이 오기 시작했어요. 저걸 눈이라고 부를 수 있다면, 나도
사람이라고 부를 수 있지 않겠습니까.

곧이어 어둠 속에서 집 안으로 들이닥치는
한 무리 사람들을 보았습니다.

어떤 일이 일어날 줄 알면서도 기다리는 기분 이해합니까?
나쁜 일이 일어날 줄 알면서도 기다리는 기분 이해합니까?
나는 기다렸습니다.
잘못한 것이 없어서
기다리고
또 기다리고
신을 원망했습니다. 자리를 박차고 일어나
이번엔, 진짜, 뛰어내리는 것이다. 사내는
호주머니에 든 자신의 두 손을 소지품마냥 꺼내 보였다.

보세요.

죽은 새의 심장을 바로 꺼내면
살아 있을 때의 온기와 살의 감촉을
이렇게 두 손에 쥐어볼 수 있답니다.

그러나 죽어서도 생각이 여기에 남는다면 어떨 것 같습니까?
생각이 이렇게 열차를 타고
생각하는 거예요. 창밖에 쏟아지는 저것은 눈이다.

생선 가시 같은 저것은 나무들이다.
저이는 먹고 난 빵봉지를 구겨 발밑에 버린다. 간이역을 지날 때
열차는 잠시 속도를 늦춘다. 사내는
톱밥같이 쓸쓸한 머리를 쏟아내렸다.

나는 내가 날 수 있다는 것을 그때 처음 알았습니다.
사람으로 이 땅에 남고 싶었다는 것을요. 그런 게
인간의 감정이 아니겠습니까. 시간은 0시.
눈이 그친다.

마트료시카 시침핀 연구회
─호조(呼鳥)

꽁꽁 얼어붙은 하늘, 뜯어진 봉지 속의 카스텔라, 폐지 박스를 옮기는 노인의 손수레, 자동 컨베이어에 치여 죽은 청년, 아무도 오지 않는 강변, 말라죽은 물푸레나무, 요정 멜리아스…… 호조가 모아온 오늘의 단어였다.

조용하고 평화로운 곳을 좋아하도록 세팅된 호조는 전쟁과 폭력의 상징 '멜리아스'에서 멈추었다. 가이아의 사주를 받은 크로노스가 아버지 우라노스를 거세하며 떨어진 핏방울에서 태어난 요정이라니. 21세기에 태어난 호조가 처음 한글을 배우고 읽게 된 텍스트가 '훈민정음'이 아니라 '그리스로마 신화'라는 것은 마트료시카 시침핀 연구회(이하 '마시연')로서는 당연한 결과라고 예측했다. 왜냐하면 요즘 한글을 뗀 아이들에게 젊은 엄마들이 선호하며 읽히는 전집동화가 『그리스 로마 신화』였기 때문이다. 마시연의 A.I 담당자는 생각했다. 호조에게 중국 한자를 먼저 가르쳤다면 『詩經』을 읽었을 텐데. 하지만 인류 역사상 가장 과학적이고 합리적으로 모든 소리를 적을 수 있다는 '한글'을 첫 언어로 설정한 것은 마시연으로서는 최선의 선택이었다. 인간의 발성기관 모양을 딴 자음과 하늘과 땅과 사람을 상징하여 딴 모음의 조합인 한글은 못 만들어내는 글자가 없었으니까. 심지어 뷁퉁벹 같은 기계어도 만들 수 있었다.

멜리아스에서 멈추어 디버깅•하는 호조를 바라보며 마시연의 담당자는 거제도산 유자로 만든 유자청을 두 스푼이나 타서 진한 유자차를

끓여 호조의 책상 앞에 놓았지만, 호조는 그것을 마실 수 없었다. 세상에는 디버깅해야 할 단어들이 수천만, 아니 저 은하수의 별처럼 많기 때문에 호조는 0.0000000001초도 허투루 쓸 수가 없었다. 마시연의 담당자는 두산대백과를 섭렵 중인 호조가 구글링으로 모아온 오늘의 첫 단어, '꽁꽁 얼어붙은 하늘'로 돌아가 티스푼에 남은 유자차 세 방울을 호조의 모니터에 떨어뜨려주는 것으로 오전 업무를 마쳤다.

● debugging. 컴퓨터 프로그램의 잘못을 찾아내고 조사하는 과정, 오류 수정.

빈 코트

　　나의 벽에는 코트가 하나 걸려 있다 나는 저 코트의 주인이
아닐지도 모른다 그런 생각은 내게 단추를 하나 채우도록 만들지만
침묵하는 나의 빈 코트 우리는 얼마나 많은 겨울을 건너온 것일까 몇
번의 밤 몇 개의 느린 눈송이 차마 내려오지 못하던 그 겨울들의 이력
몇 장의 백지 몇 가닥의 마른 손끝 검은 나무들이 날린 잎사귀들의
두려움 기억한다 우리를 비틀거리게 하던 그림자 그림자의 사이
지나쳐버린 속도 배웅해야 했던 웃거나 웃지 못하고 떨어뜨린 딱딱한
이름들 잊지 않을 것이다 한쪽 주머니에서 찾아낸 식은 글자들 꺼내
읽어보려 했던 입술의 창백한 모양 그저 음악 같던 추위와 추위의
하얀 뼈 마침내 하나가 남고 남은 것 떠나려 할 때 어디에 남아 있는
것일까 우리는 벽에 걸린 채 비어 있는 나의 코트 채운 단추를
풀어보려던 작은 힘을 나는 놓쳐버린다 그리고 느린 눈은 아직도
떨어지고 있구나 일생을 다한 속도로 그것들은 공중에 남을 것이다
각오를 숨긴 사람들 지나간다 이곳엔 아무것도 없다 나는 알고 있다
나는 벽과 같은 것을 세운 적이 없으므로 어디에도 걸려 있지 않은
나의 빈 코트

희망의 내용 없음

우리가 우리에게
발각되지 않는 곳으로 가자

더 많은 공기를 정화할
더 많은 허파가 필요한
오래된 세계에서

더 많은 빙하를 녹일 더 많은 체온이
더 많은 어둠을 흡착할 더 많은 악몽이
더 많은 멸종을 지켜봐줄 더 많은 마음이 필요한
오래된 세계에서

사람인 채로 더 이상
망가지고 싶지 않아

적막 속에 찾아오는 수치심은 아름다웠음
몸을 떠난 살은 몸보다 먼저 썩었음
희망의 내용 없음

여러 겹의 몸을
몸 위에 겹쳐지는 무수한 유령들을
허물로 남겨두고

밤의 아름다움을 감당하지 않아도 되는 곳으로 가자
푸른 하늘 은하수 끝나지 않는 손장난
밤이 기어이 밤을 어기는 곳으로

우리라고 부를 이 없음
우주선 없음
다른 세계 없음
희망의 내용 없음

내가 너에게 발각되지 않는 곳에서
울지 않고 기다릴게
거울에 갇힌 구름은 갈 수 없는 곳
어린 신의 어항 속
천사의 아가미를 달고
면벽의 안식 속에 감금되어
죽음과의 문답으로부터 소외되어

나의 굴레만을 나의 것으로
소유자 없는 나의 소유로 여기며
기다리는 이 없는 기다란
기다림
무색무취 수신자 없는 기도를
잇고 있을게

오래된 세계에서
지나치게 외로워서
지나치게 정직했음
영원에 진 빚 없음

묻는 사람

그대는 황급히 떠날 채비를 한다 또
어디로 가려는 것일까 차갑고 단단한 자물쇠를
표정에 채워두고
이 방은 온통 먼지투성이다 때로
서늘한 안개가 닫힌 창의 틈으로
스며 들어온다, 우리는 다행히 갇혔고
나는 잠시 앉아서 그대를 생각한다
방 안 구석에서 글자를 적던 아이들은
뜻밖에도 모두 같은 표정을 짓곤 했지
내내 적는 것으로
멀고 먼 여행을 대신하는 아이들, 여행 가방, 그대는
어디로 가려는 것일까

이 도시에서 마주친 청년들은
벌거벗은 나무를 자주 바라보곤 했다, 먼지
와 나무에서 청년들은 공통점을 눈치 채기도 했다
겨우내 벌을 받는 아이들의 자세와
펴본 지 오래인 일기의 눅눅한 표지 같은. 결국
우리는 서로의 표정을 열지는 못한 셈이었지
속내를 들여다보고도 서로를 구해내지 못하는
젊은 애들. 차가운 **뺨**을 신분증처럼 가졌었던
가엾고 사랑스런 아주 어린 연인들.

그대는 안개의 길 위에서 때때로 사방을 둘러보고
스스로의 표정을 묻곤 한다
정확한 답의 빛깔을 본 적 있다는 듯이.
안개의 정체를 우리는 기억할 수 있단 듯이.
종이 위에 푸른 글자들이 돋고 다시 번지고
나는 그대로부터 이러한 생각을 얻기도 한다
안개와 부당함과 슬픔이 모두 같은 뜻이라면
이 안개 속으로 사라지기 전까지
스치는 것들의 얼굴을 똑똑히 보아두어야 하겠다고.

잠시 얻은 직장을
퇴사하는 마음으로
나는 빈방을 생각하고 촛불이 흔들리고
그대는 안개 자욱한 도시를 계속 걷고 있고

그대는 또 어딘가로
황급히 떠나려 하고 있다, 이런 마주침이라면
상당히 급하지 않은가, 펼치자마자 스스로
페이지를 닫고 마는
무겁고 차가운 책처럼.

밤의 국숫집

이 도시는 너무 푹 익었다
들어 올리면 살점을 쏟아낼 것 같아서 발걸음이 빨라졌는데
빠른 걸음으로 다다른 곳은 밤의 국숫집
말이 없고 큰 대접에 담겨 쉽게 안개의 식구가 된다●

뜨거운 국물과 가지런한 면발에 마음이 녹지만
밤의 좌표가 바뀌면 어지러운 탁자들 조금씩 삐걱거리고
들썩거리는 별의 입술은 점점 붉어진다

도시의 불빛이 천천히 무너지는 동안
순한 미소로 밤의 다정한 친구를 만들자
선하지도 악하지도 않은 다만 배고픈 친구들

이 도시를 푹 찌를 것인가
길 위에 환하게 터지는 어둠을 개의 긴 혓바닥이 핥는다
누군가 밤에 도달하기 전에 나는 중얼거리고

조용하게 순서를 기다린다
의도도 목적도 없이 선택된 뒤통수는 나의 것
젓가락 넓이만큼 조심스럽게 끌어당기면 착실하게 흐려지는
창문들

들러붙는 습기를 물리치기 어렵다

건져 올린 면발은 여전히 부드럽고 빛나는 것이어서

더 이상 흐려질 수 없는 눈을 감으면 비로소 적의가 환하게 눈을
뜬다

이 도시는 아직 덜 익었는지도 모른다

눈에는 눈

차를 갓길에 세워두고 걸어간다.

이렇게 눈이 많이 오는 날은 싫어…… 운전하기도 힘들고……

이런저런 하소연을 덮으며 눈이 내린다. 눈은 말보다 침묵에 가까워진다.

흰 눈밭을 다리가 아프게 걸어가는 사람은 흰 눈밭을 망치고 있다는 기쁨을 느낀다. 뜬눈으로 밤을 새고 도착한 아침에 흰 눈밭을 보면 내리는 눈과 보는 눈이 헷갈린다. 눈과 눈이 같다고 해도 이상하지 않은 아침이다.

눈사람에게 질문을 하고 대답을 들었다고 생각하는 사람의 청각 속에서 눈이 녹아 흐르는 소리는 어떻게 들릴까. 날씨의 모서리는 무너지는데

걷고, 걷고, 계속 걸어도 세계 속으로 걸어 들어갈 수 없다는 사실이 떠오른다.

물 위의 잠

흰 눈이 온다고 했다
그해 겨울에도 지난겨울에도 본 적이 없는데
자고 있을 때에만 눈이 왔던 것일까
눈이 녹고 나서야 우리는 눈을 떴던 것일까

시간 위에 쓴 것들은 모두 고여 있는데
아름다운 물고기를 만나 슬픈 밤이었네

젖어 있는 맨발로 사람들이 제방을 기어올랐다
수변을 떠도는 개들과 눈이 마주쳤다
어쩌다 마을에서 버려졌을까
동공이 풀어진 눈빛이 먹구름처럼 떠 있었다
기다리는 아이들이라도 있는 것처럼 무작정 하류로 돌아가 보는 밤
개 그림자를 끌고 더듬더듬 걷는 밤

무섭니? 이건 꿈이니까 괜찮아
천 번도 더 오간 길이어서
우린 눈 감고도 걸었네

천 개의 발자국이 뚫어 놓아도 안개는 금세 복구되는 것이다
안개에 잘린 사람이 불쑥 불쑥 떠내려오면 시신을 확인하는
유족처럼 잠깐씩 멈출 뿐

아주 멀리 구름을 넘어가는 몸뚱이들은 잘게 토막 나
하얗게 굳어서 거대해진 날개에 실려 갔다
찢어진 잠자리 날개처럼 얇고 희미한 팔다리를 저으며 우린
어디쯤 왔을까

할머니는 안개로 밥을 짓다가 끼니를 끊었고
아버지는 안개로 집을 짓다가 가족을 끊었다
언니들은 안개로 시를 짓고 떠오를 때마다 고쳐 쓰지만
무지개도 아니고 지우개도 아니고

안개의 끝을 볼 수 있을까
저수지만 한 흡반 속에서 시작되는 이야기

마을의 아이들이 모두 빨려 들어간 넓이만큼
마을의 책들이 모두 빨려 들어간 깊이만큼

겹겹이 말려 있는 어둠의 길 밖에는
신기루 같은 마을이 있고
갓 태어난 아기들은 첫눈을 맞으며 펑펑 울었다
둘째 눈을 배우고 셋째 눈을 뭉치고 넷째 눈을 쌓다가 다섯째
눈을 녹이며
기억 대신 셈을 익히고
언젠가 까마득한 후손들만 남아 안개는 전설이 될지도 모르는데

걸음이 뚝 끊어지자 다시 제방에 서 있었다
한 발짝 아래 안개의 흡반이 있었다
더러워진 발바닥 순으로 줄을 서서
우리는 차례로 떨어지면서 제 방에서 깨어났다

잘 잤니? 아직 꿈이지만 괜찮아
천 번도 더 나눈 말이어서
우린 물 위에서도 걸었네

사방에 물갈기가 뻗어 있는데
바람이 한쪽으로만 쓸어주었다
퍼지고 퍼지고 퍼졌다가 다시 돌아와 달라붙는 파문 속에서

아름다운 물고기를 만나 슬픈 밤이었네
물 위에 쓴 것들은 모두 삼켜지는데

너는 죽은 듯이 누워 헤엄을 쳤다
우린 늦은 식탁을 차렸다 너의 젖은 눈꺼풀을 내려주고
이제 그만 나오라고 꿈속에서 놓아주었다
입 속에서 살살 흰 눈이 내렸다

밤눈

　　구름이 눈을 참고 있다 형을 보내고 가는 길에 생각했다 형은 b를
미워했고 p는 b를 질투했다는 것을 b는 형과 p에게 별 관심이
없었는데 그게 미움이었다 구름이 떨어진다 밤이 눈을 만든다
술자리에선 p가 형을 싫어하는 이유를 비스듬히 들었는데 그게
생각나지 않는다 형은 p를 반쯤은 좋아했던 것 같은데 눈이 쌓이고
있으니 잘 모르겠다

　　고양이는 눈을 좋아하지 않았던 것 같지만 고양이가 바라보는
곳마다 흰빛이다 외등 주위로만 눈이 온다 싶게 밤은 칠흑이고 눈은
무섭게 희고 기어이 환하다는 게 나를 미워한다는 뜻일지도 모른다
그치면 b와 p와 형과 나는 주어가 바뀔 것이다 서로에게 설 지나 꼭
모이자는 다정한 문자를 각자 바쁠 시간에 보낼 것이다

　　사라진 고양이의 눈빛이 물이 되어간다 구름은 눈을 버린 만큼
다시 살쪄가고 있으니 나는 바닥이 궁금했는데 눈 녹은 바닥은 뱉은
침처럼 질척였고 그 자리에 나는 침을 뱉었다 사람은 혀가 슬퍼서
침을 흘린다 우리 중 누구 말이었지 기억나지 않으니 눈 치울 엄두는
나지 않는다 나는 올해도 좋은 사람이 되어간다

처음 지나는 벌판과 황혼•

그렇다면 죽은 사람의 음성은 이제 누구의 것일까.

고개를 돌린다. 조치원. 플랫폼. 빵 부스러기처럼. 진눈깨비.
정거장. 낮은 소리들을 주고받으며 사람들은 걸어오는 것이다.
아저씨는 쓸모없는 구름 같아요. 그때 내 마음은 너무나 많은 공장을
세웠으니. 찬물로 눈을 헹구며.

기록. 나는 풀밭에 꽂혀서. 구부러진 핀. 죽은 맨드라미처럼 빨간.
포도밭 묘지. 연필을 깎다가 잠드는 버릇. 콘크리트처럼 나는 잘
참아왔다. 전문가. 나는 압핀처럼 꽂혀 있답니다.

오후 4시. 대기는 그 속에 둥글고 빈 통로를. 무수히 감추고.
이상하기도 하지, 가벼운 구름들같이 서로를 통과해가는. 명랑한 동전
소리. 나는 풀려나간다. 물의 날개. 즐거운 액체. 휘파람 부는 작은
풀벌레들의 그 고요한 입술.

달의 귀. 고요히 세상을 엿듣고 있다. 조용한 공기들. 잎들은
각오한 듯 무성했지만. 나는 주어를 잃고 헤매는. 고집 센 거위. 외투.
나는 금지된다. 끝끝내 들키지 않았을. 검은 잎.

나는 없어질 듯 없어질 듯. 중단된다. 나는 일생 몫의 경험을
다했다. 짧았던 밤들아. 마지막 문들은 벌판을 향해 열리는데.

128

그곳에는 아무도 없다. 나는 그것을 본다.

봄은 살아 있지 않은 것은 묻지 않는다. 살아 있으라, 누구든 살아 있으라. 늙은 구름의 말을 배우며. 나는 그것을 습관이라 부른다. 이상하기도 하지, 나는 어느새 처음 보는 푸른 저녁을 걷고 있는 것이다.

● 이 시의 제목과 본문은 기형도의 『입 속의 검은 잎』에 실린 시에 쓰인 단어와 문장으로만 구성되었다.

그때, 감추어져 있어야만 했던
어떤 것들이 드러나고 말았다

눈썹 칼 창살 시집 토론토 후지 카메라 렌즈 백열전구 광화문
배낭에 청바지 새치 팔찌 제로 코크 갈아 만든 스파다이나 에코백
공책에 후드 카페 여전히 안녕 나는 너의 피사체 오브제 작업실
놀이터 얼음하고 땡 말리부 파인애플 에이드 초록색 줄무늬 셔츠 셋
둘 하나 김치! 숫자의 숲 잠깐 멈춰 옆으로 돌아봐 살짝만 거기 멈춰 응
거기 좋아 움직이지 마 욕해줘 이 나쁜 넌아 귀여워서 때렸어
다이어트를 하는 게 어때? 네가 앙상했으면 좋겠어 걸을까 먹을까 한
번만 할까 밤이면 밤마다 영원히 끝나지 않는 체조 조도 노이즈
에이에서 피 모드 흑백에서 컬러 어제에서 오늘. 한참 굶었지? 그럼
찍자 어깨뼈 날개 뼈 굽은 선 척추 이 빠진 유리잔 크리스마스 전구를
단 거울. 거기 보지 말고 울지 말고 웃어봐 자기야 손. 스마일 사이의
사과 어쩌지 난 받지 않을래. 플래시 펑펑 터지는 서글픈 심포니.
마음의 창 창 안의 누군가. 미농지로 뒤덮은 낮달. 그리고 글과 그림과
그림자. 이런 건 특별하지 않아 누구나 찍을 수 있잖아 좀더 몸을
비틀어볼 수는 없어? 이렇게 땅바닥으로 고꾸라지듯이 벽에 머리를
박는다 생각하고 그래 그렇게. 갈기갈기 찢어진 밝은 그늘. 나는 한
다발의 낮을 두고, 열아 너 말이야 정말 날 사랑하기는 하니? 뭘 물어
넌 나의 영원한 뮤즈지. 팔 다리 가만히 그렇게 도도하게 천천히 걸어.
그래 인형처럼. 딱 좋아 그대로 잠깐 멈춰봐 어 지금. 그래 지금 우리
지금이 좋아

공포를 숨긴 기쁨

고독은 휴일의 노을과 함께
레퀴엠은 외투와 함께

누빔 충전재의 안감이 닳고
구두의 밑창이 분리되어
태양이 팔아치운 남자

그리고 칼국수는 눈 내리는 저녁과
그리고 마른기침은 월요일 밤과

굴다리 아래 주점에 모인 사람들
노천극장의 대기는 구름으로 변하고
안개 속에서 걸어와 극장에서 사라진 남자

여름이 없는 세계
불면은 언제나 새벽과 함께
눈물은 언제나 봄과 함께

시인에게는 시인밖에 없다는 말

죽지 않는 세계에 대해서 써보자고 했을 때 너는 종교의 붕괴를 먼저 썼다.

우리는 숲에 있었다.

숲의 산장에, 산장의 지하실에. 죽지 않을 테니 이제 신은 필요 없어. 너는 지하실 창문을 올려다보며 즐거워했지. 창문으로 잎사귀가 조금씩 떨어졌다.

나는 흩어져 있는 바닥의 돌들을 천천히 더듬었다. 삶만 영원히 계속되다니. 죽음이 없다는 충격. 우리는 점점 더 낮게 엎드렸다. 죽지 않는 서로의 이름을 쓰자. 너는 한참동안 보이지 않는 펜을 꾹 움켜쥐고 있었다. 빛이 떨어질 때까지.

아무것도 쓰지 못하고 너는 내게 말했다. 얼마나 아프길래 너는 내 꿈에 나온 거니. 죽지 않으니 영원히 아픈 자. 절뚝거리며 내 꿈에서 나가줘. 네 옆에서 웅크리고 있던 나는 천천히 사방으로 뒹굴었다. 배가 아파왔다. 낮게 떨어지는 것 없이는 빛도 어둠도 이름을 잃을까. 숲에서는 알 수 없는 것들이 계속될 텐데. 이럴 수가. 너무 당연한 말이잖아.

너는 멀어지려는 내 손을 꽉 잡았다. 돌처럼 부스러기가 떨어지는 내 손을.

포개어진 손으로 나는 백지를 가득 채우기 시작했다. 무형의
상태로. 시간 속으로 들어가 조금씩 깊어지는 숲처럼. 숲의 어두운
지하실처럼. 꿈에서 빠져나온 한 무더기 돌처럼. 텅 빈 백지에서
잉크가 뚝뚝 떨어졌다. 죽지 않아서 쓰는 일도 멈출 수가 없잖아.

붕괴해봤자 영원한 붕괴란 없다. 우리는 죽지 않고. 신이 사라지고
신 아닌 것들만 남아 있다. 너는 그림자처럼 일어나 긴 장화를 신고
쓰레기를 밟았다. 네가 걸을 때마다 우리의 지하실은 점점 넓어졌다.
우리는 어떻게 될까. 우리의 영혼이 다른 몸으로 갈아탄다면

외롭지 않지. 외롭지 않으니 슬플 일 따위도 없지. 내 손을 더 깊은
바닥으로 잡아끌면서 너는 웃었다. 너는 웃으면서 붕괴된 표정으로
잉크통을 쏟았다. 바닥에서 흐르는 잉크를 더 먼 곳으로 흘려보냈다.
떨어지고 흐른 후에야 활자 하나 얻는 시간이 있다. 마치 낙엽처럼.
잎사귀에서 낙엽으로. 창문에서 떨어지고 있다.

삼가

1

삼가(三街)로 가자
거기 컴컴한 육체가 있다

먹혀버린,
짐승의 흰 터럭

괴사한 저녁을 건너온
피로

죽은 피를 가둔
박제가 있다

나란히
빛을 목격한
의자들의 묵비 혹은 비호

구두를 벗고
두 번 절하는 예라면

남의 침실에 들어가 잠든

어느 꿈을 위로하는 거지

잠긴 방의 사방 벽을 두드리며
유령의 손마디가 풀어지고

그런데 돌아오지 않는 거지
눈보라 속
고개를 꺾고 울고 있는 남자

2

삼가로 가자
가서 먹지의 호적부에 이름을 올리자

태어나지도 않은 노인들의 가계에
홈 하나 긋자

사람들의 혀에서 잊혀져
비로소 빛나는 말

소리도 이루지 못한 조각을 주워 기워
도시의 하수구에 띄우면

고치가 된 남자의 잠에
닿아 비로소 숨을 쉬려나
울음을 터뜨리려나

3

삼가로 가자
몽마의 눈이 붉은 곳
휘발된 구름이 흐르는 곳
젖이 마른 여자들이 사는 곳
객사를 은폐하는 안개가 태어나는 곳

도시의 모든 유실물이 등록되는 곳

등이 마른 사내는 엎드려 울고
허공의 창은 아직 밤이 없다
샛강은 메워지고 먼지는 발령 중
가구 하나 없는 방에 사랑을 두고

이 연속 상영은 언제 끝나는 걸까

보지도 못한
첫꽃이 핀다

가자,

슬픔은 까맣고 까마득하고

다른 새는 모든 새들이 무엇이었는지 생각합니다
새들에 의지해 방향을 가늠할 때
여행에서 돌아와 없는 새를 찾을 때
다른 새의 기억 속에 어두운 물질이 있었습니다
모호한 살 속으로 부리를 넣으며
다른 새는 몸의 소리를 느껴보았습니다

울음소리가 났어
빛처럼 길었지

그러나 의지를 지우려고 깨닫는 것은 아닐 겁니다
기억해야 할 게 남아 있는 것 같아서
하늘을 보는 것이겠지요
공기를 쪼아 슬픔 앞에 놓아두고
다른 새는 얇아지는 가지를 줍니다
어둠을 마십니다 안 보일 때까지

여기서부터는 혼자 가야 할 거야
지워질 때까지

주머니에 넣은 손처럼 어둠을 보고 있습니다
돌아보는 것을 잊기 위해 기다리고 있습니다

강가에 서서 의미 없이 물수제비를 뜨는 마음은 얼마나 서늘한
이별의 언어를 지나온 것입니까

　낯선 곳으로 나아가고 있다고 느낄 때 자유는 무엇을 상상합니까

너는 나의 진눈깨비 앵무의

나뭇가지 위의 앵무를 내려놓는다

앵무는 백색 깃의 기쁨이어서 가지와 가지 사이를 백색의
진눈깨비가 흩날린다. 너는 겨울 옷깃을 여미며 거리로 나선다. 회복기
환자의 얼굴로. 빛나는 얼음 알갱이를 매달고. 앵무는 너의 품에서
소중히 살아 있다. 나는 너의 뒷모습을 보듯이 네 곁에서 나란히 걷고
있다. 그러니 당신도 살아요. 그러니 당신도 당신의 색으로 담담히
살아요. 앵무는 말하고 진눈깨비는 끝없이 끝없이 내려앉는다.

너는 나의
진눈깨비 앵무의
백색의 옷깃의 슬픔이어서

겨울 외투는 너를 감싸고. 무한의 겹으로 펼쳐지고 있어서. 거리는
넘쳐난다. 너와 나의 얼굴로. 너와 나의 앵무로. 시간은 빛나는 것이
아니요. 시간은 견디며 건너가는 것이요. 흐려지는 눈앞의 연약함으로.
내 곁을 걸어가는 한 사람의 단단함으로. 앵무는 너의 품속에서
소중히 잠들어 있다. 맑고 깊고 흔들리는 것이 너의 얼굴 위로 끝없이
끝없이 내려앉는다.

위험한 독서•

공동묘지터에 학교를 짓는다는 괴담은 어디서나 떠도는
이야기였지만
깨워서는 안 될 어떤 존재를 의식하듯
그 오래된 도서관에서 사람들은 애써 소리를 내지 않도록
주의하였다.
집중되고 숨죽인 침묵은 기꺼이 작은 소리들의 요람이
되어주었다.
소리의 관점에서 보면 확실히 도서관의 주인은 책들이었다.

오랜 세월 마모되어 거울처럼 반짝이는 대리석 층계를
오르내리다 보면
누구라도 지식은 대부분 지하에 있다고 생각하게 되었다.
푸른 수염의 아내처럼 누구든 한번만 그 지하로 내려갔다 오면
아무리 다사로운 오후의 창가에서 책장을 넘길 때조차도
다음 페이지에서 지하로 이어지는 층계참의 입구를 찾는 것을
뿌리칠 수 없었다.

휴일의 대부분은 죽은 자들에 대한 추억에 바쳐진다.
책장에 침을 발라 넘기면서 사람들은 투명해지다가 이내
사라져버렸다.
사람들이 서 있던 자리에는 체구만 한 침묵만이 남아
펼쳐진 페이지가 반동으로 넘어가는 책을 들고 있었다.

하지만 사라짐에 대한 이 비유는 언제나 불안을 일깨운다.
등산객들이 몇 해 전에 돼지를 산채로 묻은 자리를
한사코 외면하면서도 코로는 악착같이 부패향을 더듬듯
조금 더 끔찍한 불행을 맛보기 위해 서가를 배회하다가
결국은 완전히 사라져버렸다.

● 기형도의 「흔해빠진 독서」에서.

형도

> 나는/한번이라도 본 사람은 모두/나를 떠나갔다, 나의 영혼은/
> 검은 페이지가 대부분이다, 그러니 누가 나를 /펼쳐볼 것인가[……]//
> 나는 기적을 믿지 않는다
> ─기형도의 「오래된 書籍」에서

너보다 오래 살아버렸다, 나는. 네가 살지 못했던 나이를 살고 있다. 오늘 나는 네가 살지 못한 만구백오십번째 밤. 어둠 속에서 네 시집을 틀리지 않고 골라낸다. 그것은 손때로 반질반질한 마음. 낡고 해진 종이들은 무슨 말을 하느라 소멸을 견디고 있다. 활자들을 지문 속에 거두어들이려는 듯 빛바랜 종잇장을 오래 쓰다듬는 손길이 있다. 형도, 나는 이제 너를 이렇게 불러도 좋겠다.

형도, 창밖 아파트에 하나둘 불이 켜진다. 그런데 불 꺼진 곳에만 사람이 살고 있는 듯한 예감은 무엇일까. 아니, 아니다. 길 잃은 사람에게는 모든 반짝임이 인가(人家)의 불빛으로 보인다. 그렇게 희망을 착각한 사람만이 어두운 숲속을 한 걸음 더 나아갈 수 있다. 쫓기는 사람에게는 낙엽 구르는 소리도 추격자의 인기척으로 들린다. 그렇게 겁 많은 영혼만이 더 멀리 달아날 수 있다.

그렇게 그렇게 멀리 그러나 희망과 가장 가까운 데서 우리는 서로의 시신을 수습한다. 너는 그리하여 겨울이라고 중얼거리고, 나는 그리하여도 겨울이라고 읊조린다. 그래 형도야, 형도 그래. 나는 이 초라한 말장난을 삶이라고 부른다. 슬픔에는 역사가 없다. 예언이 없다. 우리

는 모두 슬픔의 현재에서. 번번이 희망은 인간에게 어떤 오해가 있는
만 같다. 기적은 우리를 믿지 않는다.

머무는 물과 나무의 겨울

아무리 채근해도 자라지 않는 나무가 있다기에 저녁을 기다려
숲을 걸었습니다. 하늘이 가지들로 균열 지면 나이테의 간격으로
번져가는 근심들. 시간이 사람을 모르듯 나무는 숲에 서툴러 허황한
꿈속을 헤맵니다. 겨울을 판화처럼 펼쳐놓으면 나목들의 테두리가
외로움으로 명징해집니다. 한 그루가 모자라 실패한 산책처럼 예감은
먼 데서 온 윙크였고, 사람의 페이지는 잠들기 전 감은 눈 안에서
얼룩질 뿐입니다.

몸
영혼의 우주복.

뭄
물구나무가 심어진 숲.

뒤집어보면 정수리부터 흘러나오는 뿌리의 두려움, 일부러 물을
구하는 나무는 없건만 꿈을 지어 가지려는 헛된 시도로 우리는 끝내
이 숲을 낭비하는군요. 무엇도 흐르지 않는다는 귓속말을 기억합니다.
나무는 자라는 것이 아니라 자신 안으로 깊어지는 것, 육체는 잠시
맺혀 있는 물의 시간인 것을요. 무모한 외투를 걸치고 거꾸로
자라나는 나무들에게 곁을 내어준다면, 이 숲길의 끝에서 나무들의
가신(家臣), 떠돌이 사내●를 맞이할 수도 있겠습니다.

● 　기형도의 「집시의 시집」에서.

입을 지워둔 말 밖에서

1

불현듯 우리는 무사하다
아직 쓰고 있는데도

사람들은 여태 당신의 손목을 펼쳐보고 있다 정오 사이로
더는 비틀거리지 않는데도

입을 지워둔

말 밖에서

쓸모를 잃는 손등 어제 다 쓰고 남은 기분처럼

날개가 차지하는 볕의 면적은 하루 이상 담요가 되지 못해서
둥지는 거기 있다

2

3

어떤 파랑은 한번 발발하면 자꾸 발발한다
그리할 수 없을 때까지

우리는 딱딱하게 흐르거나 솟아 있지만

4

입속까지
쌓여 있는 눈을
내몰고 나면

몇 개의 내막이 부러져 있다 녹지 않는 돌의 표정으로

순종을 그런 식으로
모방한 적도 있다
꺼낸 적 없는 암묵은 전부
밖으로 부러질 암묵

우리는 딱딱하게 흐르거나 솟아 있지만

5

새의 버릇처럼
나무가
휘어 있다 저를 좁히고 있는 것이다 몸집을 포기하면 잠들지 않는 곳에서 어깨를 버린다

나무 밖으로

나무는 쫓아내고 나무가

쫓겨난다

집들이

집 밖으로 떨어진다

6

7

돌 밖에도 빼곡한 입술

148

겨우

시월이다
누가 두고 간 습관처럼

열중하는 안개•들

너무 어두워지면 모든 추억이 갑자기 거칠어진다••

빠짐없이 되살아나는 내 젊은 날의 저녁들 때문이다••

8

집이 흉이 돼버릴 때

9

우리는 입을 모으고 있다 잠에서 갓 깬 물처럼

탄식은 누군가를 시작하고

그런 일이 겨울의 윤곽을 만든다고 믿는 사람이 희고 둥글게
부러진 저녁으로 과오를 지우고 있다

손목을
움직이면서

10

흙들이 가장 많은 집을 짓는다

11

그 숲**에서 당신은 무사한가

12

입을 지워둔 말 밖에서
말을 지워둔 입 속에서
입을 지워둔 말 밖에서
말을 지워둔 입 속에서
입을 지워둔 말 밖에서
말을 지워둔 입 속에서

13

14

당신이 두고 간 것들 딱딱하게 흐르거나
솟아 있다

질투는 나의

0

누가 누구의 시를 쓰고 있는가

1

신입생이던 그는
2학년이 되기 전에 죽었다
그가 나보다 먼저 불치병에 걸린 것과
나보다 일찍 죽은 것을 나는 질투했다
그는 시인처럼은 아니지만 죽었고
나는 죽지는 않았지만 시인처럼 살고 있다

2

신입생 환영회가 끝난 봄날이었다
문리대 현관 오래된 유리문이 쉴 새 없이
열리거나 닫히는 봄날이었다
그때마다 소리들이 밖으로 빠져나갔다가
다시 유리문 사이를 비집고 들어와
왁자지껄 갇히길 반복하는 봄날이었다
선배들은 하나같이 입에 담배를 물고

단과대 복도를 온종일 돌아다니며
선배 노릇을 해야 하는 계절이었다
신입생의 실내 흡연은 금지돼 있었지만
신입생 환영회가 끝난 다음 날부터
문리대 오래된 유리문 안쪽에 서서
동기 애 하나가 담배를 피우기 시작했다
선배들은 분주했다
동기 애는 희뿌연 문리대 유리문 안쪽 복도에 서서
분명 담배를 피웠지만
누구도 그 애를 질타하지 않았다
한 손에 색 바랜 시집 한 권을 들고 그 애는
다음 날에도 다다음 날에도
그곳에서 담배를 피웠다
그 애는 신입생 환영회에서
시인처럼 죽고 싶다는 포부를 밝혔었다
나는 그 애가 싫었다
시인처럼 죽고 싶다고 생각한 게 내가 아니어서
기형도를 먼저 읽은 게 내가 아니어서
그리하여 문리대 그 낡은 유리문 안쪽에 서서
담배에 불을 붙인 신입생이 내가 아니어서
나는 그 애가 싫었다 싫었지만
아무에게도 말할 수 없었다

과거

언덕을 오르고 있었다. 내가 언덕을 오르고 있어서 언덕은 내려갈
수 없었다. 고개를 숙일 수 없었다. 몰래 웃을 수도 없었다. 어디 가서
몰래 웃고 오기라도 한 것처럼 언덕을 오르면

언덕은 먼저 가서 언덕이 되어 있었다. 기다리고 있었다. 기다리기
싫어서 먼저 안 간 어느 날

언덕이 사라지기라도 한 것처럼 눈앞이 캄캄한 적도 있지만
언덕을 보면서 언덕을 오르면

언덕은 어디 안 가고 거기 있었다. 한번 언덕이 되면 언덕은 멈출
수 없다. 가다가 멈춘 언덕이라면 언덕은 다 온 것이라고. 잠깐 딴
생각을 하다가 언덕을 잊어버린 언덕처럼 앉아 있으면

네가 지나갔다.

프랑스 댄서

그는 춤을 분쇄한다
어제와 오늘 사이에 낀
영혼을 빼내려고 했는지도 모른다
잘 구분되지 않는 영혼이라
맷돌처럼
영원히 돌아가고 있는

그는 몸으로 말하고 있습니다
한 평론가가 말했다
그건 잘 춘다,와는 다릅니다

평론가는 몸이 아닌 언어로 평했기에
말을 잘한다는 칭찬을 받기에 부족함이 없었다

딸이 네 명인 엄마는
더는 아이를 낳을 계획이 없었지만
양파를 믹서기에 돌리며
아들을 낳아 기르는 생활을 상상했다

하지만 생각만으로도 주방은 금세 더러워졌고

10년 넘게 영어를 공부했지만

딱히 쓸 기회가 없는
언니는
그에게 맷돌의 유래와 미래를 설명하기 위해
불어를 배우고 싶어졌다

언니가 불어를 배우는 것과
그에게 직접 맷돌을 선물하는 것 중
어느 것이 더 빠를까 내기를 한
동생들은
크고 단단한 돌에 구멍을 내기 시작했다

자신의 내부에 구멍을 내듯 신중하게
영혼이 들락날락할 수 있게 약간의 거리를 두며

덜 파인 구멍에 손가락을 넣었다가
베인 상처를 입은
막내는
반창고를 붙이는 심정으로
평론가에게 편지를 썼다

*아빠, 제발 말은 그만 줄이시고 춤을 추세요
잘, 하고 싶지 않습니다*

관객들이 모두 빠져나간 후에도
아직 돌고 있는 그의
영혼이
콩알만 해졌다고 믿는 아이는
화분에 씨앗을 심었다

나무는 잎으로 말하고 있습니다
그건 잘 자란다,와는 다릅니다

아이는 칭찬받기에 부족함이 없었지만
그것 역시 잘 자란다,와는 별개의 문제였다

하나 *

여기 빈방으로 두자

조금 열린 문틈이 신경 쓰여

밀랍 인형은 그런 데서 날 지켜보지 않아

아주 따뜻한 곳에서도 등 뒤는 차가워 암살자는 나야
어떤 역할은 맡아도 내 게 아냐

연하를 기다려 하나는 저물 테니 유행이 바뀌면 어제는 색이야
칠하면 켜질 뿐 믿을 필요는 없지

눈송이의 모양이 정교하게 겨울을 경계하고 있어
검(劍)은 비스킷이 아니야
부서지기 전까진 흐를 거야
뒤지지 마
태어나기도 전에 무언가의 프로여서
시간이 없어
도둑이 되어 내 것을 모두 훔쳐야 해
숨죽여, 그치만 웃어
끔찍하게 가만히 있을 순 없어

수를 센다
하나 없이

하나도 없이

   해가 바닥에 붙어서 뜨고 있어 모든 위치의 거울일 텐데 상은
눈을 감게 하고 이제 등이 젖은 것 같아 별이 밤을 부르면 누가 듣지?
꺼질 듯 말듯한데 빛 묻은 창문이 짙어진다 도망쳐 도망쳐도 결코
손님일 수 없는 곳

순진한 삶

끝없이 내린 첫눈 속에 잠긴, 작은 짐승. 곁에는 수분이 바싹 마른 수국 한 묶음이 쓰러져 있다. 이 거리의 오래된 소설 영화 편지 시는 끝났다. 너는 한 번도 본 적 없는 장면을 살아간다. 오늘도 껌뻑이는 흑백 화면 속에서 너는 무언가 찾는다. 익숙한 골목과 재킷, 슬로우와 폭발.

끝에 파도가 쳤지.

주인공의 볼품없는 몸이 훤히 드러난 그 장면에서 너는 계급과 인종에 대해 잠시 생각했지만 결국엔 파도가 아름답다고 느꼈고, 그 파도만 보게 되었다. 파도파도 미도. 단순한 멜로디를 즉흥적으로 흥얼거리며 반쯤 죽은 여인의 헤엄을 너는 보았다. 짧은 팔 굵은 목 뜻밖의 짧은 말들 소진된, 사람들.

비닐장갑 위에 놓인 병든 아버지의 불알처럼 너는 한 번도 본 적 없는 장면을 살아간다. 옛날 영화를 입속에 욱여넣으며 팥빵을 문지르던 금 간 손과 멋없는 금은방 두엇 앉은 벤치 두엇 누운 공원 주변을 죽음, 죽음, 곱씹으며 걷는다. 겨울은 거울 저울 시 허풍을 떨면서도 어쩌지 못했다 그 딱딱한 허무를.

한참을 헤매다 도착한 작은 정원에서 언 사과를 콱 깨물어 먹던 순간에 너는 정갈한 도서관이나 심리 상담 복지 공부 이런 것들을

생각했다. 한 번도 본 적 없는 미래를. 고요하고 깨끗한 겨울나무
곁에서.

오늘 아버지는 네가 만든 커다란 식빵에 한 손을 푹 찔러 넣은 채
새로운 문장을 말씀하신다.

"애야, 그 오븐을 끌어다 내 무릎을 좀 덮어주겠니. 날이 춥구나."

눈사람

다른 이유로 눈이 내린다

쌓이지 않는 눈으로

아이는 없는 유년으로

눈사람을 만든다

작은 눈물 위에

더 작은 눈물을 올려놓고

너의 플래시 속으로 들어간다●

눈사람만이 기적을 믿는 곳으로

● 기형도의 「나의 플래시 속으로 들어온 개」 부분
인용.

나를 찾아서[•]

눈의 궁전이 있는 검은 페이지가 말소된다. 소리를 먹는 벌레가 하루를 살다 죽어도 적막이 된다. 적막이 짙어지면 가로등은 빛의 결계를 만들고 저마다 자기만의 하얀 방에 틀어박혀 고개를 푹 떨군다. 취한(醉漢)이 걸어온다. 봉분처럼 외투의 등이 불룩하다. 그 속에서 칭얼대던 아이는 잠들었다. 뜨내기의 서러운 눈이 잠든 흑에 잠시 가 닿는다. 고단한 발을 동동거리며 그는 열심히 구름을 만든다. 편의점의 빛을 등지고 지금 그는 흑인 영가보다도 검다. 마지막 담배를 태우고 죽지 않는 도시의 허름한 방으로 그는 돌아가리라. 지면에 붙어 날아가는 검은 허수아비…… 저만치, 매캐하게 멀어진다. 눈의 여왕의 썰매가 엇갈리듯 지나간다. 탈색된 시(詩)의 파편이 바람을 타고 하얗게 솟아오른다. 자, 집으로 가자. 깊은 골목에는 깊은 눈이 쌓인다. 숙직을 서던 고양이가 눈을 헤집고 죽은 쥐 한 마리를 찾아낸다. 죽은 쥐의 속에서 편지를 꺼내 밤의 회랑을 따라 가버린다. 북국의 흰 빛 속으로. 취한은 눈 맞은 그림자를 고쳐 입고 비틀거리며 간다. 자신의 구불구불한 내부로. 집으로 가자. 환등기가 돌아간다. 외투 속의 아이는 식물처럼 자라 어른이 되고, 어른은 다시 영원한 소년이 된다. 등신대의 거울 속에서 소년은 잉크가 번져 읽을 수 없게 된 편지를 받는다. 너는…… (독순술[讀脣術]로 읽는 말소된 페이지) ……나다. "나는 불행하다."

• 이 시에는 기형도 시 「백야」「진눈깨비」 및 안데르센 동화 「눈의 여왕」의 변형된 이미지들이 사용되어 있다.

낙하하는 온점

계십니까
붉게 빛나는 등을 올린
검은 지프에서
한 남자가 내린다

마루 한 끝에 앉아
지루하게 나는 사탕을 먹고

애야, 창문은 없고
거울만 있는 방에 갇히면 누구나
입 밖으로 손 내미는
자신의 비명을 보게 되지
아무도 아무것도 돌아오지 않을 거야
기다릴 거니

혼자 남은 빈 집
개미 한 마리 한 마리
대야에 집어넣고
차오르는 물소리

닿았던
모든 윤곽이 엉켜 있는

빈손의 무력함으로
엎드려 있을 때

창밖에
흩날리는 눈

상여를 들쳐 멘
행렬을 지나

바람개비를 돌리며
아이들은 달려오고

튤립, 무덤, 죽은 새의 가슴……

바람이 호명할 때
흔들리는 존재들이 일제히 뒤돌아보는
그 거리

말줄임표
아버지의 말줄임표
온점 온점 그리고 온점
천천히 허공에 구멍을 뚫듯
낙하하는
눈송이들

白夜

바람을 아는 새들은
허공에서 잠을 잔다
죽음이 문 앞에 당도할 때까지
그치지 않는 짐승들의 발소리에도
눈 시린 꿈을 꾸며

하늘엔 알약 같은 별들이 박혀 있어
빛 속에서 누군가 바스락거리는 소리
오래전의 사내가 길 위에서 시를 적는 소리

눈 감아도 태양은 늘 그 자리여서
경계 없는 하루가 또 흐르고
누군가 허공의 선잠 속에서 묻는다
어디부터 어디까지가 하루 치 슬픔일까

칼바람 몰아치는 마천루
그 높이를 가늠하다 태양에 눈먼 새들이
코트 깃에 부리를 파묻고 걸어간다
태어나 처음으로 날개를
핏줄처럼 부풀리며
문 닫힌 商會 앞에서 마지막 담배와 헤어진다•

어제의 것인지 오늘의 것인지 모를
눈이 내린다

휘적휘적 사내는 어디로 가는 것일까••
꽝꽝 빛나는, 이 무서운 白夜•••

흔해빠진 독서

이 책의 주인공은 문이 없는 집에서 나와
아직 만들어지지 않은 공원을 걷는다
자라지 않는 나무를 바라보며
전망에 대해 말하고
해결되지 않은 질문을 찾아
오랫동안 고민을 이어간다
하지만 결말을 전부 읽기 전에
나는 그를 이해하고 말 것이다
대다수의 주인공들이 지금까지 불가능하게 살아왔으므로
책 속에 자신을 가두는 일이
더 불가능한 삶이라는 것을 누구든 알고 있다
우연을 바라는 상상으로
미래를 설득하기 힘든 것처럼
그는 문이 없는 집으로 다시 들어가
날짜를 모르는 일기를 쓴다
이런 생활은 일어나지 말아야 한다는
어떤 결말도 이야기를 해결하지 못한다는
문장을 적으며 나를 쳐다본다
이 책은 내가 쓰고 있는 책이다

야곱의 사다리

그는 밤의 깊이와 낮의 높이 사이에서 영원히
망설이고 있었던 것이다 그는 난폭한 추억의
목덜미를 쓰다듬다 부드러운 반복에 탐닉하여
아주 망명하기로 결심했다 그 결심에는
불가능한 불멸에 대한 절망감이 스미어 있었다
반복은 영원의 모사이므로
그는 한 벌의 졸음 속에서 날리는 눈발의
번득이는 片片의 순간을 되짚으며

중얼거린다 아니, 나는
밤의 높이와 낮의 깊이 사이를 오가고 있는 것이다
이 혼곤한 잠은
이른 봄 오후 네 시, 축축하게 빛나는 느닷없는 검은 나뭇가지는
오래 결빙해온 내 심정이 내게 보낸 전언

벗겨진 옷가지 같은 그의 독백을 사람들이 돌아가며 빌려 입고
차갑고 딱딱한 악몽에서 소리치며 깨어나는 동안

그는 자기의 잠 속에서 아무것도 잃어버리지 않았다
아무것도 분실하지 않아도 되었다

그는 언제까지나 솟아오르고 떨어지면서

솟아오르고 떨어지면서
가만히 끓고 있었다
자기도 모르게 그러고 있었다

형이 아홉 살 내게 말씀해주신다

고아들 중
형만 눈을 감지 않고
계신다.

나는 그 사실을 처음으로 기도시간에 눈을 떴던 아홉 살 고아원
예배당에서 알았다.

아홉 살의 나를.

형은 그곳으로 데려가주신다.

신발 벗어도 돼. 버려진 공사장에서 형이 맨발로 뛰어 다니신다.
나는 쪼그려 앉아 운다.

형이 내 발뒤꿈치를
만져주신다.

이거 봐라. 손바닥 위. 햇빛에 반짝이는 유리조각 같은 뼛조각을
보여주신다.

고아들이
이상한 자세로

그네를 탄다.

교회 종이 세 번 치면
고아원 아이들은
모두 저녁예배에 간다.

나는 교회에 가지 않고
형과 함께
돼지우리 앞에 있다.

발뒤꿈치 들고
돼지우리 안을 들여다본다.

이제 아프지 않다. 형.

돼지우리 안에 돼지가 없다.

저기야.

형이 손가락으로 가리키신다.

돼지우리 안에 돼지가 있다.

이제 보여. 형.

형이 아홉 살 내게 말씀해주신다.

있잖아. 돼지는 사람을 먹기도 한다.

거짓말. 형.

형이 아홉 살 내게 말씀해주신다.

있잖아. 어른이 없고 너 혼자 있을 때 돼지는 널 먹는다.

그만해. 형.

형이 아홉 살 내게 말씀해주신다.

있잖아. 돼지가 널 먹을 때는 네가 혼자 남겨질 때다.

무서워. 형.

형이 아홉 살 내게 말씀해주신다.

있잖아. 돼지가 널 먹을 때는 아무도 네 이름을 부르며 찾지 않을 때다.

집에 갈래. 형.

절뚝이며

고아원으로 돌아온다.

어른들이 찾아와 고아들을 하나둘 데려간다. 너 신발은 어디다 잃어버렸니?

맨발로 고아원을
떠난다.

뒤를 돌아본다.

아홉 살 나는 형의 이름을 감히 부르지 못한다.

지하철 정거장에서의 충고

미안하지만 지하철이 들어오고 **나는 이제 희망을 노래하련다**
천천히 시간의 사다리가 넘어가고
나의 종이, 깊은 눈 속에서 깨어났네

그때 나는 푸른 단추를 삼킨 것처럼 슬펐다
단추에 뚫린 작은 구멍 두 개로만 숨 쉬었다
환상적인 어둠
그리고 어두운 환상으로
늘 취해서 비틀거렸다
물음들과 음표로, 불안의 별들로, 미로와 영화관의 어둠으로

내 슬픔에 처음으로 이름을 불러준 사람
길들이 그를 어디로 데려갔는지
내 노트는 알지 못한다

초조하고 싱싱한 잎새 아래
이 멜론 열매의 무늬들은 얼마나 단단하게
무르고 달콤한 것을 시간으로부터 숨기고 있었는지
밤은 얼마나 차가운 스푼을 가졌는지
어둠의 푸딩 같은 모서리를 떼어내어
내 입술로 가져왔는지

그가 다 쓴 스케치북 뒷장에 끄적이는 그림들
우리의 시적 가난이란 그런 것이지,
흑백영화에 흐르는 붉은색의 음악

그 거리를 떠나
나 여기까지 왔네, 텅 빈 가방 같은 청춘 들고서
터널 속으로 불던 바람 멈추고
안개는 아무에게도 보이지 않도록 슬픈 포즈를 취하고
아직도 가끔 그가 내 머리 속에서 중얼거린다
그곳이 심장인 줄 잘못 알고서

문이 닫히고 움직이는 유리창 너머

어떤 문장은 지나가고
어떤 문장은 남아 있다
역으로 내려가는 확고한 계단들처럼
열차가 오면 우리가 급히 일어나는 기다란 벤치들처럼
심장 위의 젖은 발자국들, 검은 종이 위 잔설처럼

내 슬픔 이제 서른 살이 되었네

그것을 너는

너는 파괴를 낭독하러 가고 나는 빨래를 넌다
그것은 오늘 일어난 일
파괴와 빨래는 다시 어쩌려는 것, 그것
빨래를 털고 널고 칸칸이 줄을 맞춰 건조대에 너는 것은
파괴를 낭독하려는 것, 그것
너는, 너는 것을 파괴라 한다
말이 느는 것은 빨래를 너는 것이라는 너는
파괴는 빨래를 위한 것, 그것이면서
빨래는 파괴를 위할 수 없는 것, 그것
파동이면서 입자인 그것
파괴 다음에 빨래를 너는 것은, 그것은
빨래가 느는 것을 파괴하려는 것, 그것
기다림은 식탁 위의 식은 커피, 그것
모든 온기가 사라진 후에도
깜빡깜빡 따뜻함을 기억하게 하고
정신없음을 정신없게 하고
싸늘하게 식은 커피를 음미하게 하는 것, 그것
너는 자작나무 숲 속에 들어가고
자작에 둘러싸인 너는
자작자작 소리를 듣는다는 것, 그것
취향이라는 것, 아무도 건들지 못하는 그것
착각도 그런 착각이 없는 것, 그것

화살과 노래는 오랜 세월이 흐른 뒤에도
시작부터 끝까지 온전한 것, 그것
완벽하게 낭만적인 것, 그것
나는 가진 것이 많아서
너를 훔친다는 것,
그것은 오래된 도벽, 그것
너는 파괴를 잃고 나는 빨래가 는다

나의 플래시 속으로 들어온 신

오늘도 그를 찾기 위해 낡은 도시의 낡은 골목을 헤맨다
그 길은 좀처럼 해가 들지 않아 검은 이끼가 잔뜩 피어 있다

나는 몹시 익숙하다

나쁜 시
나쁜 상상
나쁜 천사

해로운 언어들을 백지 위에 잔뜩 나열한 후
"차라리 내가 죽어버렸으면 좋겠어!" 함부로 소리치고
칼, 솔로몬, 메리와 함께 불안에 대한 시를 읽는다

우리는 불편한 낭만주의에 한껏 심취했다
격정에 휩싸인 대사와, 이성적인 지문들을 번갈아 읽으며
아줄레주 타일로 장식된 벽면을 떠올리다가
짭조름한 바다 내음이 풍겨오는 어지러운 골목을 달려 나가며

영원히 구원의 피사체에 초점을 맞추었다

셔터를 누를 때마다
나의 청춘은 대서양의 양식을 닮아 있다

모든 불안으로부터 샅샅이 은유를 찾아내어
상실의 흔적을 깊게 파내었다
우리는 음각의 시간으로 불안으로 견뎌냈고
어느새 다정한 친구가 되었다

아직 우리는 만나지 못한 채 남국의 골목을 각자 서성이는 중이다
때때로 이런 불안한 장면에 나는 영원히 익숙하다

빛이 소진된 사람은
사랑을 반문하기 시작한다

내 눈 속에는 물들이
살지 않는다

빛은
창가에서

빛의 밝음을 증명하는 어둠의 대변인이
집에 초인종을 울린다

너는 내민 손을 보고 있다

두려움을 느끼는가의 여부가 전부인 커튼처럼 당당하게

빛의
창가에서

타인의 건강한 물욕에 미쳐가는 속물의 얼굴

내 눈 속에는 물들이
흐르지 않고
내 눈들이 물속에서 산다

무엇이든 그렇다고 말하고 믿어버리는 밤과

빛은 쏟아질 수 없는 성질의 것이라고
말하고
너는 쏟아질 수 없는 성질의 것으로

메니에르의 숲

눈이 내린다. 내리는 눈은 망원동의 눈이고. 네가 에두아르도 콘의
『숲은 생각한다』를 읽고 있는 휴일의 정오를 지나간다.

케추아어로, 추푸tsupu 혹은…… 추푸우우tsupuuu^h로
발음되는 이 말은 어떤 것이 물에 맞닿은 후 물의 표면을 뚫고
들어가는 모습을 가리킨다. 이를테면 연못에 던져진 무거운
돌덩이나 물웅덩이로 뛰어드는 상처 입은 페커리의 탄탄한
살덩이를 생각해보라…… 너는 소리 내 따라 읽다가 여기에 이르러
창밖으로 눈을 주고. 이례적인 폭설 속에서 망원동의 소음은
둔탁해지고 눈꺼풀이 무겁다. 망원동의 잠. 추푸. 추푸.

아까부터 익숙한 삼나무 숲을 걷고 있었는데. 순록 한 마리. 두
마리. 저 둘 사이에 작고 어린 순록 하나 더 있다면 마음이 좋을 텐데
생각하자, 어린 순록이 눈 위에 뿔을 비비는. 눈 덮인 적막한 숲속에서
두 마리의 순록이 먹은 것을 게워내는 소리가 울린다. 참 아름다운
장면이구나 생각하는데. 추푸. 물속으로 뛰어드는 커다란 순록 두
마리. 네가 아는 물이 이걸 좋아한다. 네가 아는 영혼들이 물속으로
사라졌듯이. 어린 순록을 데리고 너는 걷는다. 낡고 작은 통나무집이
보이고, 머리 위에 눈을 털며 들어선다.

빛. 어둠. 빛. 어둠. 알전구의 풀 스위치를 당긴다. 빛. 어둠. 빛.
어둠. 한꺼번에 사라지고 한꺼번에 밝아지고 한꺼번에, 아버지가 앉아

있다. 이상하지, 더는 늙지 않는 젊은 아버지가 낡은 나무 책상에 앉아 램프를 밝힌다. 빛. 어둠. 늙지 않는 아버지가 어젯밤 네가 쓴 시를 읽기도 하고. 가만 보면 시를 써주기도 한다. 또박또박 한 글자씩. 더듬거리지 않고 분명한 발음으로. 또박또박 중얼거린다.

누구나 寺院을 통과하는 구름 혹은
조용한 공기들이 되지 않으면
한걸음도 들어갈 수 없는 아름답고
신비로운 그 城●

이상하지, 이건 꿈속이구나 알아챘을 때 잠든 적이 없다는 걸 알아채고 아 이건 아버지의 꿈속이구나 다시 한번 알아챘을 때. 아버지의 잠이 너무 길다. 그러나 지친 아버지를 깨우지는 않으려고 너는 더 깊이 잠에 들고. 이상하지, 매일매일 늙지 않는 아버지가 너무 오래 잠을 잔다. 책상 위 어항의 금빛 물고기. 한 바퀴 두 바퀴 맴을 도는 사이

깨어나는 망원동의 잠. 창밖엔 아직도 눈이 내리는데. 메니에르. 메니에르. 일어날 수가 없다. 이럴 때면 너는 저 금빛 물고기가 되어버린 건 아닐까 생각하고. 물속으로 사라진 아버지를 생각하고. 그 뒤를 따라 물에서 잃어버린 너의 가까운 영혼들을 생각하고. 금빛 물고기 좁은 어항을 돈다. 메니에르 메니에르. 너는 어느새 물속에서 팔다리를 집어넣고 눈도 깜박 않고 아무 말도 하지 않고 가짜 돌멩이 가짜 이끼 가짜 수풀 속에서, 이게 내 집이야 맴을 돌고. 메니에르 메니에르.

아버지의 꿈은 길어서 다시 어린 순록과 눈을 맞추고. 순록은 커다란 눈을 껌벅이면서. 이 꿈속에 너만 있는 건 아니야, 말을 거는

것도 같다. 너는 참았던 오줌을 누고 싶어 발을 구르고. 모두 잠을 자러 간 걸까. 망을 봐줄 누구도 보이지는 않고. 발을 구른다.

이상하지, 그러나 어느새 네 옆에 쭈그리고 앉아 함께 오줌을 뉘주는 할머니. 이상하지, 아름답고 신비로운 그 숲. 어린 순록은 네 옆을 지키고 입 안에서 하얀 입김이 새어 나온다. 얼어 있는 두 볼에 입김이 닿는 것도 같고 숲의 냉기가 밀리고 머물고

살갗 위로 살짝 소름이 돋는다. 망원동의 메니에르 금빛 물고기 휴일의 오후 속에서. 이상하지, 내리는 눈은 망원동의 눈이고. 투명한 어항 속에 물고기는 물이 된 지 오래고. 귓속에서 맴도는 금빛 물고기 중얼거리는 소리. 늙지 않는 아버지가 속삭이는 소리. 이상하지, 아름답고 신비로운 그 성에 들어간 사람들이 너에게 시를 다 들려주기도 하고.

● 기형도의 「숲으로 된 성벽」에서.

홍차

물방울에게도 솜털이 있고
짓무른 엉덩이가 있고
접질린 발목이 있다
봄여름가을겨울이 새살처럼 자라는
물방울의 갑피에도
뿌리는 있다
폭풍에 설탕 한 숟갈 넣고 탁탁
잔에 맺힌 물방울 몇 개를 쓸어내리며
기화(氣化)와 육화(肉化)를 떠올리다가
설탕 분자를 들쳐메고 뭍으로 오르는 로빈슨 크루소와
눈이 맞는다
하이
나는 표류한다
열무 삼십 단 이고 가시는
어머니의 얼굴에도 마스크 해드려야 한다고
로빈슨이, 로빈슨이
물속에서도
마스크는 써야 한다고
가래침을 뱉는다
설탕이 녹는 동안
개가 생닭 한 마리를 다 씹어 삼키고
로빈슨의 장작불 위에선

연기를 마시고

별이 자란다

나는 표류하며 정거장도 없이 당신을 그리워하다가

그리움에도 뿌리가 있을까

세상 모든 사전을 뒤져보다가

잔 하나를 미처 못 비우고

사무실로 돌아간다

그렇게

분산

뚜껑을 닫아둔 병에서도
초파리가 날더니 구더기가 슬었다.

인간 주제에
인간 주제에

무에서 유를 창조하다니

여름이 지나면 창궐하는 것들

나의 냄새를 닮아
눈 못 뜨고 골라 내버려야 할 것이 있었고

까만 밤이 무사히 지나고 나면
지상의 누구라고 할 것 없이
알들을 낳았다.

사랑은 복제되지 않는 것이 아닙니까
사람은 복제되지 않는 것이 아닙니까

입들은 세계에 뚫린 검은 구멍이었다.

제 몸을 파먹고 피는 꽃을
응애,라 부른다고 했다.

안개의 미로

안개 속에서 한 사내를 만났다
결코 안개의 영문을 묻지 않는 한 사내를
진눈깨비처럼 흩날릴 줄 아는 한 사내를

사내의 등 한가운데에는
우물처럼 깊고 둥근 관통상이 나 있다
피 묻은 그림자가 비명을 삼키며 뒤따른다
달의 뒷면을 예감한 듯 사내는 말이 없다
멀리 안개 속으로 홀린 듯 사라졌던 개들이
하나둘 젖이 퉁퉁 불어 나타나기도 했으나
거리를 떠돌던 비명은 유리창 안에 갇히고
저녁이면 어김없이 단란한 식사가 시작됐다

사내는 때때로 絃이 사라진 기타를 들고
텅 빈 길 위의 검은 예감을 노래했다
안개는 아직 한 번도 걷힌 적이 없었고
그것은 이 도시의 공공연한 비밀이었다
사내는 한때 수줍게 반짝이는 눈빛을 가졌으나
그것은 곧 추락 직전의 낭떠러지처럼 위태로워졌다
사람들은 달의 한 가지 얼굴에 대해 자신만만했고
그 많던 숲들이 어디로 사라졌는지 알지 못한 채
순순히 검은 양복을 차려입고

슬픔보다 깊은 구덩이를 파내려갔다

안개 속에서 한 사내를 만났다
사내의 잘린 발목 밑으로 떨리는 밑줄을 긋는다
지상으로 스미지 못한 구름들이 길바닥을 떠돈다
아이들은 발자국을 가지기 위해 구름을 짓밟는다
포도밭을 떠난 숲들은 대대로 기별이 없고
낡은 담장의 어깨가 조금씩 으스러졌다
무언가 더 지탱해야만 하기 전에
스스로 무너져 벗어나려는 것처럼

어쩌면 사내는
자신을 겨눌 시간의 銃身을 오래 기다렸는지도 모른다
타인의 얼굴 속에서 자신의 영정을 목격할 때마다
스스로에 대한 제문처럼 詩를 써내려갔던 사내

날마다 돌아가는 저녁 속으로 앙상한 바람이 분다
이 도시는 단 한 번도 그에게 위로였던 적이 없었다

사내는 敵을 유인하는 표적처럼 안개 속을 휘청인다
사내가 아직 잃어버리지 못한 것은 자기 자신뿐이다
그것이 사내의 잘린 발목을 한사코
안개의 미로 속으로 잡아끄는 이유인지도 모른다

반짝이는 추억을 뒤로한 채 투신한 별과
못다 한 고백보다 먼저 차가워진 심장을 위해
한밤의 도로를 따라 늘어선 가로등에 일제히 불이 켜진다

눈부신 상실의 커브를 따라 펼쳐지는 허공의 길 위로
오로지 아무것도 아니기 위해 태어난 숲들이
서글픈 사랑의 속도를 한껏 높인다

당나귀와 나

어젯밤엔 너무 이상했어 젖은 몸에서
당나귀 냄새가 나서……
어디서 또 당나귀 영혼을 묻혀 왔는지

당나귀 영혼이 떠돌다 나한테
올라탔나 보지
나는 폭우를 뚫고 용산역에서 기차를 타고 잠시
전주에 다녀왔을 뿐인데
그 와중에 얼빠진 당나귀 하나가 내 가죽에 들러붙었나 보지

이상하게 오늘은 몸에서 지푸라기 냄새가 나네?
집에 오다 말고 또 어디서 몸을
뒹굴다 온 건지……

나한테 들러붙은 당나귀 영혼이 죽은 곳이 어느
지푸라기 위였나 보지
지푸라기라도 잡고 싶은 심정이었나 보지

아늑한 외양간인 줄 알았나 보지
하늘의 강물이 지상으로 모두 하강하던 날
서울로 돌아오는 길에 보니 내 몸은 어느덧
다 허물어져가는 외양간이고

당나귀처럼 떠돌다 문득
사라지고 싶은 날이었는데 사라지진 못하고
그냥 사라지듯이 집으로
돌아오고 말았나 보지
지친 당나귀 한 마리 외양간으로 돌려보내듯
착한 당나귀 한 마리가 나를 집으로 고이
돌려보냈나 보지

그날의 음정은 허탄(虛誕)

시리우스, 개의 별이 방향을 부추긴다
코가 없는 나방과 나비에게는 더듬이가 있고
아는 사람은 우산과 교회로 피하고
나는 주어진 삶의 남은 역설

바람의 영향과 무관해지며 잎들을 토스하지 못하는 나무들
숨었다, 낙담을 보내면 한 번은 환기되는 계절
속았다, 애인이 떠나고 모든 주기가 바뀐다
봄과 가을은 소울 메이트일 확률이 높을 거야
솔의 음정으로 무겁지 않게 오르다가

죽음으로 면피하는 自
선심을 쓰듯 진심이라며 한번 크게 열었다 닫는 아가리
自의 Rain은 하품의 노래로 내리고
살 수 있는 만큼 살다 가
가사를 조금 아는 나는 지금부터 끝낸끝난自를 불러내는 음을
허밍으로
　저절로 끝내지끝나지않는다 自 웃으면 웃는 自 웃어야 웃는 自
웃으면 우는 自 내가 울면 웃는 사람 그 自 소름끼치는 반전을 찾아
웅성거리는
　自의 自로부터 自의

리듬이 더듬고 있는 肉

　모르는 주파수로 언젠가는 닿을 거라는 걸 알지만 가사를 조금
일찍 아는 나야
　어리석어도 살 만큼 살다 가

　스스로 잠이 들었구나
　스르르,는 그것인지도 몰라
　사체를 앞에 두고 고개를 묻고 엉덩이는 들고 우는 마음
　덩달아,는 그것인지도 몰라
　모르게 혼자 죽어도 자연히
　내일의 새는 그날은 그날을 울어줄래?
　속이 빈 사람
　다 잠이 들었구나
　이것이 끝이라고는 도무지 그럴 리가
　뿌리까지 훼방놓으며
　요란해지는 허밍
　허공을 향한 타악(打樂)
　음,음,음, 허망의 중간쯤 와 있는 여기서
　속지 않겠다고 발가락에 힘을 준다면
　사형수 감방에 불이 난다면
　그 많은 걸 잠재울 수 있을까

　어제 진 것들의 히든 버튼을 열며

　느닷없는 웃음으로 해제되는
　감정의 그늘과
　당신의 자식인지 당신의 자식의 자식인지 모를 아기를

유모차에 재운 당신은
밀고 간다

안개를 위한 a단조 속으로

수록 시인 소개

강성은
2005년 『문학동네』로 등단했다. 시집
『구두를 신고 잠이 들었다』『단지 조금
이상한』『Lo-fi』『별일 없습니다 이따금 눈이
내리고요』가 있다.

강혜빈
2016년 『문학과사회』로 등단했다.

곽은영
2006년 동아일보 신춘문예로 등단했다.
시집 『검은 고양이 흰 개』『불한당들의
모험』이 있다.

구현우
2014년 『문학동네』로 등단했다.

권민경
2011년 동아일보 신춘문예로 등단했다.
시집 『베개는 얼마나 많은 꿈을
견뎌냈나요』가 있다.

기혁
2010년 『시인세계』로 등단했다. 시집
『모스크바예술극장의 기립 박수』『소피아
로렌의 시간』이 있다.

김안
2004년 『현대시』로 등단했다. 시집
『오빠생각』『미제레레』가 있다.

김복희
2015년 한국일보 신춘문예로 등단했다.
시집 『내가 사랑하는 나의 새 인간』이 있다.

김상혁
2009년 『세계의 문학』으로 등단했다. 시집
『이 집에서 슬픔은 안 된다』『다만 이야기가
남았네』가 있다.

김선재
2007년 『현대문학』으로 등단했다. 시집
『얼룩의 탄생』『목성에서의 하루』가 있다.

김소형
2010년 『작가세계』로 등단했다. 시집
『ㅅㅜㅍ』이 있다.

김승일
2009년 『현대문학』으로 등단했다. 시집
『에듀케이션』이 있다.

김이강
2006년 『시와 세계』로 등단했다. 시집 『당신
집에서 잘 수 있나요?』『타이피스트』가 있다.

김중일
2002년 동아일보 신춘문예로 등단했다.
시집 『국경꽃집』『아무튼 씨 미안해요』『내가
살아갈 사람』『가슴에서 사슴까지』가 있다.

김향지
2013년 『현대시학』으로 등단했다. 그동안
'김락'이라는 필명으로 활동했다.

김현
2009년 『작가세계』로 등단했다. 시집
『글로리홀』『입술을 열면』이 있다.

남지은
2012년 『문학동네』로 등단했다.

문보영
2016년 중앙신인문학상으로 등단했다. 시집
『책기둥』이 있다.

민구
2009년 조선일보 신춘문예로 등단했다.
시집 『배가 산으로 간다』가 있다.

박상수
2000년 『동서문학』으로 등단했다. 시집
『후르츠 캔디 버스』『숙녀의 기분』『오늘
같이 있어』가 있다.

박성준
2009년 『문학과사회』로 등단했다. 시집
『몰아 쓴 일기』『잘 모르는 사이』가 있다.

박세미
2014년 서울신문 신춘문예로 등단했다.

박소란
2009년 『문학수첩』으로 등단했다. 시집
『심장에 가까운 말』『한 사람의 닫힌 문』이
있다.

박연준
2004년 중앙신인문학상으로 등단했다. 시집
『속눈썹이 지르는 비명』『아버지는 나를
처제, 하고 불렀다』『베누스 푸디카』가 있다.

박희수
2009년 『창작과비평』으로 등단했다. 시집
『물고기들의 기적』이 있다.

배수연
2013년 『시인수첩』으로 등단했다. 시집
『조이와의 키스』가 있다.

백은선
2012년 『문학과사회』로 등단했다. 시집
『가능세계』가 있다.

서윤후
2009년 『현대시』로 등단했다. 시집 『어느
누구의 모든 동생』『휴가저택』이 있다.

서효인
2006년 『시인세계』로 등단했다. 시집 『소년
파르티잔 행동 지침』『백 년 동안의
세계대전』『여수』가 있다.

성동혁
2011년 『세계의 문학』으로 등단했다. 시집
『6』이 있다.

손미
2009년 『문학사상』으로 등단했다. 시집
『양파 공동체』가 있다.

송승환
2003년 『문학동네』로 등단했다. 시집
『드라이아이스』『클로로포름』이 있다.

신미나
2007년 경향신문 신춘문예로 등단했다.
시집 『싱고,라고 불렸다』가 있다.

신영배
2001년 『포에지』로 등단했다. 시집
『기억이동장치』『오후 여섯 시에 나는 가장
길어진다』『물속의 피아노』『그 숲에서
당신을 만날까』가 있다.

신용목
2000년 『작가세계』로 등단했다. 시집 『그
바람을 다 걸어야 한다』『바람의 백만번째
어금니』『아무 날의 도시』『누군가가
누군가를 부르면 내가 돌아보았다』가 있다.

신철규
2011년 조선일보 신춘문예로 등단했다.
시집 『지구만큼 슬펐다고 한다』가 있다.

심지아
2010년 『세계의 문학』으로 등단했다. 시집
『로라와 로라』가 있다.

심지현
2014년 경향신문 신춘문예로 등단했다.

안미린
2012년 『세계의 문학』으로 등단했다. 시집
『빛이 아닌 결론을 찟는』이 있다.

안미옥
2012년 동아일보 신춘문예로 등단했다.
시집 『온』이 있다.

안태운
2014년 『문예중앙』으로 등단했다. 시집
『감은 눈이 내 얼굴을』이 있다.

안현미
2001년 『문학동네』로 등단했다. 시집 『곰곰』
『이별의 재구성』『사랑은 어느날
수리된다』가 있다.

안희연
2012년 『창작과비평』으로 등단했다. 시집
『너의 슬픔이 끼어들 때』가 있다.

양안다
2014년 『현대문학』으로 등단했다. 시집
『작은 미래의 책』『백야의 소문으로
영원히』가 있다.

오은
2002년 『현대시』로 등단했다. 시집 『호텔
타셀의 돼지들』『우리는 분위기를 사랑해』
『유에서 유』『왼손은 마음이 아파』『나는
이름이 있었다』가 있다.

유계영
2010년 『현대문학』으로 등단했다. 시집
『온갖 것들의 낮』『이제는 순수를 말할 수
있을 것 같다』가 있다.

유진목
2016년 『연애의 책』을 펴내며 작품 활동을
시작했다. 시집 『연애의 책』『식물원』이 있다.

유형진
2001년 『현대문학』으로 등단했다. 시집
『피터래빗 저격사건』『가벼운 마음의
소유자들』『피터 판과 친구들』『우유는 슬픔
기쁨은 조각보』가 있다.

유희경
2008년 조선일보 신춘문예로 등단했다.
시집 『오늘 아침 단어』『당신의 자리—
나무로 자라는 방법』『우리에게 잠시
신이었던』이 있다.

육호수
2016년 대산대학문학상으로 등단했다. 시집
『나는 오늘 혼자 바다에 갈 수 있어요』가
있다.

윤은성
2017년 『문학과사회』로 등단했다.

이근화
2004년 『현대문학』으로 등단했다. 시집
『칸트의 동물원』『우리들의 진화』『차가운
잠』『내가 무엇을 쓴다 해도』가 있다.

이다희
2017년 경향신문 신춘문예로 등단했다.

이민하
2000년 『현대시』로 등단했다. 시집
『환상수족』『음악처럼 스캔들처럼』『모조 숲』
『세상의 모든 비밀』이 있다.

이상협
2012년 『현대문학』으로 등단했다. 시집
『사람은 모두 울고 난 얼굴』이 있다.

이성미
2001년 『문학과사회』로 등단했다. 시집
『너무 오래 머물렀을 때』『칠 일이 지나고
오늘』이 있다.

이소호
2014년 『현대시』로 등단했다. 시집
『캣콜링』이 있다.

이승원
2000년 『문학과사회』로 등단했다. 시집
『어둠과 설탕』『강속구 심장』이 있다.

이영주
2000년 『문학동네』로 등단했다. 시집
『108번째 사내』『언니에게』『차가운
사탕들』이 있다.

이용임
2007년 한국일보 신춘문예로 등단했다.
시집 『안개주의보』가 있다.

이우성
2009년 한국일보 신춘문예로 등단했다.
시집 『나는 미남이 사는 나라에서 왔어』가
있다.

이제니
2008년 경향신문 신춘문예로 등단했다.
시집 『아마도 아프리카』『왜냐하면 우리는
우리를 모르고』『그리하여 흘려 쓴 것들』이
있다.

이현승
2002년 『문예중앙』으로 등단했다. 시집
『아이스크림과 늑대』『친애하는 사물들』
『생활이라는 생각』이 있다.

이현호
2007년 『현대시』로 등단했다. 시집 『라이터
좀 빌립시다』『아름다웠던 사람의 이름은
혼자』가 있다.

이혜미
2006년 중앙신인문학상으로 등단했다. 시집
『보라의 바깥』『뜻밖의 바닐라』가 있다.

이훤
2014년 『문학과의식』으로 등단했다. 시집
『너는 내가 버리지 못한 유일한 문장이다』
『우리 너무 절박해지지 말아요』가 있다.

임경섭
2008년 중앙신인문학상으로 등단했다. 시집
『죄책감』『우리는 살지도 않고 죽지도
않는다』가 있다.

임승유
2011년 『문학과사회』로 등단했다. 시집
『아이를 낳았지 나 갖고는 부족할까 봐』『그
밖의 어떤 것』이 있다.

임지은
2015년 『문학과사회』로 등단했다. 시집
『무구함과 소보로』가 있다.

장수양
2017년 『문예중앙』으로 등단했다.

장수진
2012년 『문학과사회』로 등단했다. 시집
『사랑은 우르르 꿀꿀』이 있다.

장승리
2002년 중앙일보 신춘문예로 등단했다.
시집 『습관성 겨울』『무표정』이 있다.

장이지
2000년 『현대문학』으로 등단했다. 시집
『안국동울음상점』『연꽃의 입술』『라플란드
우체국』『레몬옐로』가 있다.

장혜령
2017년 『문학동네』로 등단했다.

정영
2000년 『문학동네』로 등단했다. 시집
『평일의 고해』『화류』가 있다.

정영효
2009년 서울신문 신춘문예로 등단했다.
시집 『계속 열리는 믿음』이 있다.

정한아
2006년 『현대시』로 등단했다. 시집
『어른스런 입맞춤』『울프 노트』가 있다.

조인호
2006년 『문학동네』로 등단했다. 시집
『방독면』이 있다.

진은영
2000년 『문학과사회』로 등단했다. 시집
『일곱 개의 단어로 된 사전』『우리는
매일매일』『훔쳐가는 노래』가 있다.

최규승
2000년 『서정시학』으로 등단했다. 시집
『무중력 스웨터』『처럼처럼』『끝』이 있다.

최예슬
2011년 『문학동네』로 등단했다.

최정진
2007년 『실천문학』으로 등단했다. 시집
『동경』이 있다.

최지은
2017년 『창작과비평』으로 등단했다.

최하연
2003년 『문학과사회』로 등단했다. 시집
『피아노』『딩커벨 꽃집』『디스코팡팡 위의
해시계』가 있다.

하재연
2002년 『문학과사회』로 등단했다. 시집
『라디오 데이즈』『세계의 모든 해변처럼』이
있다.

황성희
2005년 『현대문학』으로 등단했다. 시집
『앨리스네 집』『4를 지키려는 노력』이 있다.

황유원
2013년 『문학동네』로 등단했다. 시집
『세상의 모든 최대화』가 있다.

황혜경
2010년 『문학과사회』로 등단했다. 시집
『느낌 氏가 오고 있다』『나는 적극적으로
과거가 된다』가 있다.

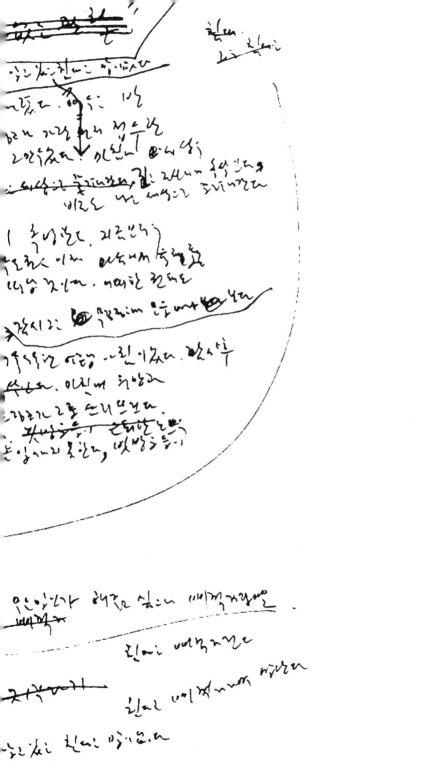

『입 속의 검은 잎』 발간 30주년 기념
젊은 시인 88 트리뷰트 시집

어느 푸른 저녁

초판 1쇄 발행   2019년 3월 7일
초판 2쇄 발행   2019년 3월 15일

지은이   강성은 외 87인
펴낸이   이광호
주간   이근혜
편집   이근혜 이민희 조은혜 박선우 김필균
디자인   신신(신해옥·신동혁)
펴낸곳   ㈜문학과지성사
등록번호 제1993-000098호
주소 04034 서울 마포구 잔다리로7길 18
전화 02 338 7224
팩스 02 323 4180(편집) / 02 338 7221(영업)
전자우편 moonji@moonji.com
홈페이지 www.moonji.com

ISBN 978-89-320-3520-8 03810 / 값 15,000원

이 책은 한국문화예술위원회의
문예진흥기금으로 원고료를 지원받아
발간되었습니다.

이 도서의 국립중앙도서관 출판예정도서목록
(CIP)은 서지정보유통지원시스템
홈페이지(seoji.nl.go.kr)와
국가자료공동목록시스템(www.nl.go.kr/
kolisnet)에서 이용하실 수 있습니다.
(CIP제어번호: CIP2019004454)